30 ANYS 1986 2016
bromera

EL MICALET GALÀCTIC

COL·LECCIÓ DIRIGIDA PER JOSEP A. FLUIXÀ

ÚLTIMS TÍTOLS PUBLICATS SÈRIE BLAVA - A PARTIR DE 12 ANYS

104. *Els somnis secrets de Pau.* Mercé Borràs / Josep Vicó
107. *L'illa a la deriva.* Teresa Broseta / Ramon Pla
111. *Vint mil llegües de viatge submarí.* Jules Verne / Enric Solbes
114. *Lluna i la pluja.* Llucià Vallés / Joan Arocas
117. *Dràcula.* Bram Stoker / Marina Seoane
124. *Olfacte de detectiu.* Christine Nöstlinger / Ribot
129. *La llegenda de l'amulet de Jade.* Vicent Enric Belda / Ferran Boscà
130. *Les històries estranyes.* Francesc Gisbert / Jesús Huguet
136. *Cròniques d'un rei.* Víctor Labrado / Francesc Santana
138. *Frankenstein.* Mary Shelley / Paco Giménez
145. *La Ilíada.* Homer / Enric Solbes
149. *Nous acudits de Llorenç.* Llorenç Giménez / Fran Parreño
156. *Quan Hitler va robar el conill rosa.* Judith Kerr / Pere Mejan
159. *La biblioteca fantàstica.* Jesús Cortés / Francesc Santana
165. *Mals temps per a fantasmes.* Agustín Fernández Paz / Mai Egurza
170. *El tresor de Saïda.* Eva Peydró / Paco Roca
177. *La banda dels mitjos lladres.* Pasqual Alapont
179. *Guardians i protectors.* Jesús Cortés / Francesc Santana
184. *Els tres mosqueters.* Alexandre Dumas / Antoni Laveda
185. *Investigaràs fins al final.* Francesc Gisbert / Jesús Huguet
195. *Llegendes valencianes.* Josep Franco / Jesús Huguet
198. *Déus, herois i mites de l'antiga Grècia.* Jesús Cortés / Camilo Valor

Hi ha unes propostes didàctiques referides a aquest llibre que es poden descarregar de manera gratuïta des del web de Bromera www.bromera.com.

Polígon Industrial 1 - 46600 Alzira
www.bromera.com
Disseny de la col·lecció: Enric Solbes
Impressió: Romanyà-Valls

1a edició: març, 2016
ISBN: 978-84-9026-611-3
DL: V-527-2016

PAPER ECOLÒGIC
TCF LLIURE DE CLOR

FOTOCOPIAR LLIBRES
NO ÉS LEGAL

LLIBRE AMIC DELS BOSCOS
PAPER PROCEDENT DE FONTS RESPONSABLES

EL MICALET GALÀCTIC

El millor dels 22

Vicent Dasí

Dibuixos de Pau Valls

edicions
bromera

A mon pare

Lo contrario de vivir es no arriesgarse.

FITO CABRALES

1
El porter viatger

S'avorrix com una ostra a la mar Morta.

Per això ha començat a cantussejar la tornada d'*Oh, Boy!* sense a penes adonar-se'n. És el que passa si jugues de porter en un dels millors equips de la lliga aleví. La pilota passa tant de temps al camp contrari, que resulta impossible mantindre's concentrat tota l'estona en el partit. Especialment un matí de dissabte com el de hui. Amb el problema gegantí que ara mateix li ompli el cap esperant una solució. «Com ho faré?», es pregunta en pensaments circulars una vegada i una altra. «Com ho faré per presentar-me al càsting de *Somnis i Estrelles* dissabte? Com?» Per més i més que es menja el coco, no troba l'eixida enlloc.

I parlant d'eixida...

–Ix! Ix! –a tot volum, vinguda de no se sap on, una veu sense amo sacseja de sobte el xic. Expulsat dels seus pensaments circulars per esta veu misteriosa, el xaval es pregunta, entre sorprés i espantat, si la que crida no deu ser la seua pròpia veu interior; la veu de la seua consciència que intenta donar resposta al problema gegantí que tant l'angoixa.

–Ix! Ix! –insistixen amb impaciència els crits anònims, tot i que comença a resultar-li estranyament familiar la veu que els transmet. Com quan et sents a tu mateix en una gravació. Deu ser perquè és veritat que es tracta de la veu del seu propi jo? Tot apostant per esta opció i malgrat el seu desconcert, el xic es decidix a entreobrir el llavis i respon als crits enigmàtics amb un xiuxiueig quasi imperceptible.

–Que isca? –mormola a les palpentes sense saber ben bé cap a qui o cap a què adreçar-se–. Que isca d'este problema gegantí? És clar. Això és el que jo voldria. Però com?

–Corre! Vinga, corre! –replica la veu amb l'ai al cor com si volguera avisar-lo de la caiguda imminent d'un meteorit–. Ix! Ix de l'àrea!

–Que isca de l'àrea? De quina àrea? L'àrea!

De colp, es fa la llum i un flaix encegador fa que tanque els ulls. En tornar a obrir-los, tot just un segon després, el xic se sent com si acabara de ser sobtadament teleportat. Sí... Com un viatger interestel·lar de *Star Trek*. Teleportat. Però a on? Encara no ho té clar del tot, la veritat. Encara que una cosa és segura. Continua sent dissabte. El tercer i assolellat dissabte del mes de juny. Primer dia de vacances. Pel que fa al lloc..., el ben cert és que no acaba de situar-se del tot. Als seus peus s'estén un gran rectangle de gespa artificial; un prat verd plastificat sobre el qual unes línies blanques delimiten el terreny de joc d'un camp de futbol resplendent. Allà lluny, al seu davant, està plantada el que sens dubte deu ser la porteria contrària. I uns quants metres per damunt, paral·lel al travesser i subratllant l'horitzó d'esquerra a dreta, s'allarga un immens pont blanc de disseny futurista; un pont coronat de vora a vora per una pinta gegant que, des de la posició del xic, sembla enreixar un cel blau sense núvols.

«A l'antic llit del riu!» exclama en pensaments. Quan el xaval llig el cartell publicitari col·locat darrere del córner de la dreta, justament al costat del marcador manual del fons, ja no té cap dubte d'on l'ha regressat la seua particular teleportació.

Ajuntament de València
Camp de Futbol del Pont de l'Exposició
Jardí de l'Antic Llit del Túria

Russafa City FC – 1 // Visitant – 0

–Ix! Ix! –sense un segon de treva, tornen a la càrrega el renoi de crits. Tanmateix, en esta ocasió, ja de tornada una altra vegada a la realitat del partit, el porter viatger ha localitzat immediatament el seu emissor. A uns metres de la banqueta local, a punt de saltar la tanca lateral del terreny de joc de tan nerviós com està, son pare s'esgargamella com un possés mentre li fa senyals amb el braç per tal que isca de l'àrea xicoteta.

És aleshores quan el xaval s'adona de dues coses. Una: les seues botes multitac trepitgen la línia de gol de la seua pròpia porteria. Dos: tot travessant el semicercle de la seua àrea gran, de cara a ell i a tota castanya, avancen dues taques borroses de diverses grandàries. La més voluminosa, de color roig i contorn humanoide, ve precedida d'una altra molt més xicoteta, de color blanc i forma esfèrica. No és una informació gaire precisa, certament. I per bé que el xic s'esprem els ulls fent cara de xinés, això és tot el que la seua vista pot concretar-li de moment. Cosa gens estranya si tenim en compte que, a més d'una mica viatger, este porter també és miop, patix astigmatisme, té intolerància a les lents i, per descomptat, no es posa les ulleres per jugar.

Això sí. El xaval gaudix d'un sentit prodigiós de l'oïda. Així que les orelles li capten amb precisió simfònica el xut explosiu que ressona per tot el camp, quan les dues taques borroses depassen com un llampec el punt de penal. En este precís instant, a menys de dos metres del nas, la taca humanoide s'ha transformat en el davanter centre de l'Sporting Benicalap, mentre l'esfèrica, convertida en baló de reglament, es dirigix cap a ell a la velocitat de la llum.

En un acte reflex de supervivència natural, mil·lèsimes de segon abans que el baló li impacte contra la cara, el xaval aconseguix de miracle tapar-se amb les mans. El xut porta tanta potència que fa volar el porter contra la xarxa, mentre la pilota, repel·lida pels seus guants, ix rebutjada a córner uns pams per damunt del travesser.

«Quin tros d'aturada!», exclama un grup d'espectadors darrere de la tanca de la porteria davant del que semblava un gol cantat. Alhora, des de la situació elevada del pont de l'Exposició, descendix cap a l'antic llit del riu una cascada ensordidora d'aplaudiments i aclamacions. El gran nombre d'aficionats i curiosos, que recolzats a la barana del pont acostumen a seguir des d'allà els partits del City, al·lucinen en colors pel que els ha degut semblar l'aturada del segle. Baix, a l'àrea local, els compis del porter, que no es pot creure l'esdeveniment que acaba de protagonitzar, el feliciten efusivament amb palmades al cap, l'esquena o el cul. No hi ha temps, tanmateix, per a més celebracions. Els jugadors rojos de l'Sporting volen esgotar l'últim minut de partit i es disposen a traure el córner resultant de tan memorable jugada.

–Home a home! Cadascú amb el seu! –crida fora de la banqueta el míster del Russafa mentre el porter rival, que s'ho juga tot a una carta, ve corrents des de la seua porteria per afegir-se al ball d'agafades, colps de colze i espentes, que ha començat a celebrar-se dins l'àrea xicoteta a l'espera de l'última jugada del partit. Al costat del banderí esquerre, tot just prenent corredissa, el volant dret del Benicalap xuta amb efecte enverinat i col·loca la pilota a l'olla davant de la mirada estupefacta del porter viatger. Encara en estat de xoc pel succés anterior, el nostre porter protagonista fa l'estàtua sota els pals, mentre el defensa central dels rojos remata a boca de canó a menys d'un metre de la línia de gol.

La testarrada és clarament inapel·lable i els visitants gairebé ja celebren l'empat quan, apareguda del no-res, la mà dreta del migcentre del City desvia la trajectòria de l'esfèrica lluny de la porteria. L'àrbitre no ho dubta dues vegades. Penal i expulsió.

2
L'impostor més repugnant del món

Després de besar-la amb cura, i a l'espera del senyal arbitral, el davanter centre de l'Sporting Benicalap ha col·locat la pilota al punt fatídic de penal. Lluny de sentir-se acovardit per haver fallat abans una ocasió tan clamorosa, el nou dels rojos busca ara la mirada del porter i el desafia sense embuts a un combat de nervis.

El porter viatger evita tanmateix qualsevol contacte visual. Ha fixat la seua mirada espantadissa en el baló. I encara que mira de traure's la tensió escopint al palmell dels seus guants, se sent terriblement tenallat per l'expectació ambiental que envolta el camp de l'Exposició. Des que el col·legiat ha assenyalat fa tot just un minut la pena màxima, un murmuri bombolleja sobre este tram de l'antic llit del riu, i s'hi creuen a l'aire tota mena d'apostes a propòsit d'este envit final.

–Tranqui, Dragón! La pares segur! –crida Martina, la jugadora número huit del City, en un intent d'infondre-li confiança des de la frontal de l'àrea.

«Només em faltava això», maleïx el porter.

Com que no en tenia prou amb aguantar la pressió infernal del davanter centre de l'Sporting, va l'única xica de la competició i li diu davant de tothom que es tranquil·litze. I ni més ni menys que dient-li Dragón! Així que els ànims de la migcampista russafenya, fets per descomptat amb la millor de les intencions, tenen en el seu company l'efecte contrari de posar-lo més nerviós encara. I el que és pitjor, de recordar-li que la victòria en este partit és vital perquè el seu equip mantinga intactes les possibilitats de guanyar el campionat, ja que a falta d'una jornada per a la fi, el City necessita els tres punts d'este enfrontament. Un empat hui, i adéu al títol de lliga.

–Per la dreta! Per la dreta! –traspassen de sobte el murmuri ambiental els inconfusibles crits de son pare. Corrent la banda com una bala, l'home ha anat a col·locar-se darrere de la porteria per a dir-li, al seu fill, per on anirà la pilota.

«No volies sopa? Dues tasses», li bull la sang al xaval.

Com que no era prou aguantar la pressió infernal del davanter centre de l'Sporting, com que no era suficient suportar els ànims de Martina i recordar a més a més l'enorme càrrega que recau a les seues mans, ara arriba l'oportú de son pare per cridar a tot pulmó per on dimonis ha de llançar-se.

–Per la dreta! Per la dreta! –insistix com un corcó a la seua esquena.

«Ja sé que és per la dreta! Per l'amor de Déu!», explota el xic en pensaments. L'entrenador li ha explicat la famosa estadística de la dreta una i mil vegades. Una estadística rigorosa que revela que el 80 % dels penals que es llancen en esta categoria van sempre per la dreta, el 19 % per l'esquerra, i l'1 % restant pel centre de la porteria.

Davant de percentatges tan aclaparadors, l'entrenador ha ordenat als seus porters, des de l'inici de la temporada, llançar-se a la dreta sempre que els disparen un penal. I el ben cert és que fer memòria d'esta ordre relaxa d'allò més el nostre protagonista. No només perquè al llarg del campionat esta consigna del míster li haja donat molt bons resultats a l'equip, sinó perquè aplicada en un moment de màxima pressió com este, l'ordre de l'entrenador l'allibera de tota responsabilitat passe el que passe després.

«Per la dreta», es diu a si mateix molt més tranquil.

Fent-se una última escopinyada als guants, el porter alça per primera vegada el cap per enfrontar-se cara per cara amb el seu antagonista. Els seus ulls desprevinguts es troben aleshores amb els ulls malèvols del número nou. De sobte, un calfred elèctric li sacseja l'ànima i s'activa al seu interior un dubte existencial. «De debò vol parar el penal?»

Doncs la veritat és que no. Perquè si no el para i el gol de l'empat puja al marcador, el partit de dissabte que ve resultarà irrellevant i no tindrà cap problema per presentar-se al càsting de *Somnis i Estrelles*. Deixar-se marcar este penal ho faria tot molt més fàcil, per descomptat. Molt més simple, molt més senzill, molt més... repugnant. Veient davant d'ell les cares expectants dels seus compis (en especial la de Martina), i sentint a la nuca l'alé apassionat de son pare, el porter viatger se sent l'impostor més repugnant del món per haver fantasiejat amb la idea de deixar-se marcar el maleït penal. Per cert, «això ha sigut un xiulet?».

Absort en les seues cavil·lacions, el nostre protagonista se n'ha anat mentalment tan lluny del camp que no ha sentit el senyal arbitral. Tampoc la patacada brutal que esclata un instant després, quan el nou de l'Sporting impacta la pilota amb totes les seues forces. Abans que tot es faça negre, l'última cosa que el xic ha vist és un trosset de cuir hexagonal a menys d'un centímetre del seu front.

Guanyar a l'últim sospir ha desfermat l'eufòria en els joves integrants del City. I tot i que al vestidor local s'ha celebrat amb alegria desbordant la nova victòria de hui, el míster no ha tardat a fer tocar de peus a terra els seus jugadors. «Hem guanyat una altra batalla, xics; però encara ens queda molta guerra per davant.» En efecte. Un partit. Tres punts per a ser exactes si volen arrabassar-li la lliga al seu màxim rival: el totpoderós València Club de Futbol, l'equip que després de guanyar també el seu corresponent enfrontament de hui, ja els espera en la pròxima jornada. L'última.

Quasi una hora més tard, a la caseta del Russafa només queda el porter de l'equip. Entre tant d'elogi i felicitació, els seus companys tot just l'han deixat dutxar-se tranquil. I és que tothom ha flipat per la manera tan inversemblant com el xic ha parat el penal. Tot clavat a la línia de gol, la pilota li ha xocat contra el cap com un míssil, i ha rebotat després, fora del camp, just abans que l'àrbitre assenyalara la fi. Ha sigut un miracle que no perdera el coneixement, però al xaval li ha costat déu i ajuda desembullar-se de la xarxa del fons on ha anat a parar. «Quin crack! Fins a l'últim moment sense moure's!», han exclamat darrere de la porteria. «Quina sang freda! Quin coratge!», han aclamat des del pont. «Com una paret! Al més pur estil dels porters argentins!», han proclamat des de la banda. Exclamacions, aclamacions i proclamacions a part, una cosa ha quedat clara: als ulls de tots els presents, el porter del City ha esdevingut este matí l'heroi del partit.

Ara el vestidor fa olor de tigre i una finíssima cortina de vapor d'aigua li entela les ulleres de pasta negra. Acatxat sobre el banc de fusta, el xaval està arreplegant les seues coses sense poder entendre encara com ha sigut capaç de mantindre a zero el marcador del seu equip. «Quantes probabilitats hi havia que un porter de fira com jo parara l'una darrere l'altra tantes ocasions impossibles de fallar? Un 2 % de probabilitats? Un 5 % a tot estirar?» I és que el xic no sols es referix a les últimes ocasions que ja coneixeu. En la primera part també ha refusat, sense saber ben bé com, un fum de rematades a boca de canó que de la manera més increïble han anat a xocar-li contra el cap, el tronc o les extremitats, quan tots al camp ja les cantaven com a gol.

Sí... El mateix que va passar als partits dels dos dissabtes anteriors, ara hi cau, quan els davanters del Gimnàstic i del Sant Marcel·lí, respectivament i amb tota la porteria a la seua disposició, li estamparen el baló als morros no sé quantes vegades seguides. Tantes vegades seguides, la veritat, que les probabilitats que allò es deguera a una simple qüestió de sort supose que es reduïen a l'1 %, per no dir que vorejaven la improbabilitat més absoluta. Així que no. Definitivament allò no es podia deure a una simple qüestió de sort. I no ens enganyem. El porter viatger sap millor que ningú que tot este munt de parades increïbles tampoc no es deu, ni de bon tros, als seus reflexos acarrancats o a la seua pèssima col·locació. I tant que no. Es mire com es mire, en tota esta qüestió deu haver-hi alguna cosa més. Alguna cosa que va més enllà de les seues escasses habilitats futbolístiques. Més enllà de la seua escorredissa fortuna. Més enllà, fins i tot, de les pròpies regles de la realitat. Perquè, des del borrós punt de vista del xic, és com si el seu cos desmanegat es transformara en un superimant per a balons cada vegada que un davanter es queda sol davant d'ell. Com si des del dia del seu debut forçós a la lliga (fa precisament ara tres dissabtes), el seu cos esquifit s'haguera convertit en una mena de pol magnètic capaç d'atraure els tirs més escorats, col·locats o impossibles de parar. «Però com? De quina manera? Per què?» Acabant d'arreplegar les seues coses, després d'embotir la tovalla i l'equipatge en la seua bossota, el xaval troba de sobte la resposta a les seues mans.

«Els guants! Els guants del Dragón!»

–Et queda molt o què?! –irromp la veu de son pare darrere la porta del vestidor.

–No! Ja isc! –s'apressa a respondre el xic mentre guarda els seus guants de porter com qui guarda el més gran dels secrets.

–Va, home! Però què hi fas encara? –insistix son pare des de fora amb evident impaciència.

–No res! –replica desconcertat el xic com si l'hagueren enxampat *in fraganti* amb alguna cosa prohibida entre mans.

–Ja isc, papà! Només em queda pentinar-me!

El xaval s'assegura d'haver tancat bé la cremallera de la funda especial dels seus guants. Es planta tot seguit davant de l'espill i el desentela amb l'avantbraç.

–Però què hi fas encara, *my friend*? –pregunta amb un murmuri a la cara confosa que apareix reflectida davant d'ell. El xic evita mirar-se els ulls i s'arregla el serrell, negre i giragonsat, tot passant-se la pinta amb suaus moviments de canell. Una molesta coïssor, tanmateix, se li comença a despertar a la part superior del front, per a donar pas poc després a una cremor desagradable i un creixent dolor. Una mica inquiet per això, el xaval s'aparta amb els dits els cabells i sota el serrell advertix una marca rogenca amb forma hexagonal. Una marca hexagonal que sembla bategar-li sobre la pell blanquinosa com si haguera sigut impresa amb un ferro candent. «O amb un míssil en forma de baló», reflexiona el xic, «llançat amb totes les forces des del punt de penal».

3
Els noms de l'heroi

Abans de continuar, permeteu-me que vos demane disculpes. Amb la passió futbolera dels capítols anteriors no he tingut temps de presentar-vos com cal el nostre protagonista. Ara que son pare i ell es dirigixen com cada dissabte després del partit a dinar a casa dels avis, crec que podria ser un bon moment per a fer les presentacions. Tot i que, la veritat, per més que ho pense, no sé ben bé com puc presentar-vos este xic de Russafa que, sense prendre-hi gens de part, i fins i tot diria que contra la seua voluntat, ha esdevingut l'heroi del seu equip des que fa tres setmanes, després de tota la temporada calfant la banqueta, va haver de debutar com a porter titular per raons de força major.

«I per què no ens el presentes dient-nos simplement com li diuen?», podríeu preguntar amb tota la raó. Això seria per descomptat el més senzill. Però dubte que fóra el millor. No estic del tot segur que puga presentar-vos Buddy Badia dient-vos simplement com li diuen, si abans no vos explique la petita història del seu nom. Entre altres coses perquè el seu nom de pila original, com ja vos podreu imaginar, no és Buddy. És David.

Per començar heu de saber que David, allò que en diem David, només li diuen així els seus avis. És ben cert que Elvis, el seu professor particular (molt particular) d'anglés, també li va dir David durant algun temps; però pronunciant-ho Deivid des del primer dia, raó per la qual supose que podem donar per exacte que només els seus avis, a la casa dels quals, per cert, son pare i ell estan a punt d'arribar, són els únics que li han dit i li seguixen dient David.

Els seus pares, tanmateix, mai no han fet servir amb ell el nom que ells mateixos li posaren. I això que li han explicat unes quantes històries a propòsit de la importància que va tindre per a ells el fet de posar David al seu fill.

Segons una primera versió familiar, son pare va demanar matrimoni a sa mare als peus del *David* de Miquel Àngel, una de les obres escultòriques més famoses del món. Ella acabava de finalitzar el seu doctorat de belles arts a Florència i els dos s'havien reunit a la ciutat italiana per tal de celebrar-ho. Nou mesos més tard, ja de tornada a València, naixia el nostre protagonista. De manera que en record del moment i del lloc on varen segellar el seu compromís, els seus pares varen decidir posar David al seu primer rebrot. Primer i últim rebrot, per a ser exactes, ja que nou anys després i sense cap fill més, la parella va decidir divorciar-se.

Va ser per als dos una separació dolorosa i, encara que no conflictiva en excés, el xic va saber des del primer moment que la ruptura seria per sempre. Com cares d'una mateixa moneda, els seus pares, tot d'un plegat, s'havien convertit en autèntics oposats. No només vivien ja en un present distint. Projectaven un futur distint. I a més a més tenien tantes ganes d'oblidar-se l'un de l'altre, que fins i tot fantasiejaven amb el fet d'haver tingut un passat distint. Per esta última raó, precisament, moltes de les xicotetes històries que havien anat conformant la seua vida en comú varen ser esborrades d'un colp de ploma, o simplement reescrites de nou. Així va ocórrer, per exemple, amb la xicoteta història del nom del seu fill, la primera versió familiar de la qual va ser reconvertida, després del divorci, en dues versions particulars ben distintes.

La primera d'estes versions particulars va explicar-li-la sa mare en el viatge que els dos feren a Venècia feia dos anys. Segons esta nova versió sobre l'origen del seu nom, va ser ella qui va decidir dir-li David per David Summers, el cantant dels Hombres G, el famosíssim grup de pop, el vocalista del qual havia sigut l'amor platònic de la seua adolescència i joventut. Son pare, per contra, durant un partit de la Lliga de Campions d'esta temporada que enfrontava el València CF i el París Saint-Germain a l'estadi de Mestalla, li va confessar, entre els crits de la multitud, que el seu nom havia sigut en realitat un homenatge a David Beckham, el gran jugador del Manchester United, qui aquella mateixa nit acabava de ser fitxat pel club parisenc i es trobava, no per casualitat, assegut a la llotja VIP a escasses butaques d'ells.

Al capdavall, fóra pel David de Miquel Àngel, pel dels Hombres G o pel del Manchester United, el ben cert és que no és estrany que, amb tantes versions distintes, el xic haja acabat hui en dia no identificant-se gens amb el seu propi nom. Sobretot si tenim en compte, com ja vos he explicat a l'inici, que els seus pares mai no li han dit David; ja que sempre s'han adreçat a ell per Davi, que és el diminutiu afectuós que han fet servir amb el seu fill des del dia que va nàixer. Ara per ara, supose que per raons de costum afectiu, Davi seguix sent la denominació que continuen usant, i es tracta, per alegria o per desgràcia del nostre protagonista, de l'única cosa que els dos mantenen en comú.

«D'acord. Molt bé», deveu estar pensant, «els seus avis sempre li han dit David i els seus pares, Davi. I què? Què té tot això d'especial? Què té tot açò a vore amb Buddy Badia?» Doncs en realitat no té res d'especial i ho té tot, i, al mateix temps, hi té tot a vore i no hi té res. Ho explicaré. Com tot bebé, el menut dels Badia va aprendre quin era el seu nom simplement escoltant-lo. I la veritat, David o Davi tant li feia. La criatura se sentia igualment apel·lada en sentir d'ambdues formes el seu nom. La història del xic va canviar, tanmateix, quan el bebé es va convertir en nen i, en complir els tres anys, els seus pares el matricularen al Col·legi Públic Jaume Balmes del barri de Russafa. Allà, a més d'escoltar-lo, el petit Badia va haver d'aprendre a llegir i escriure el seu nom, i aleshores va passar de manera inesperada allò especial.

«Dislèxia fonològica nominativa», va anomenar-ho el logopeda quan ho va explicar als seus pares. «Es tracta», els va dir, «d'una dificultat molt concreta de l'aprenentatge de la lectura i l'escriptura, que impedix el vostre fill llegir i escriure correctament el seu propi nom». I en efecte, així era. Per més que s'esforçava i sense poder-ho evitar, per comptes de dir o escriure David, el xic deia o escrivia Vadid; de la mateixa manera que per comptes de dir o escriure Davi, deia o escrivia Vadi. «No vos preocupeu, això és només conseqüència d'un xicotet trastorn de la

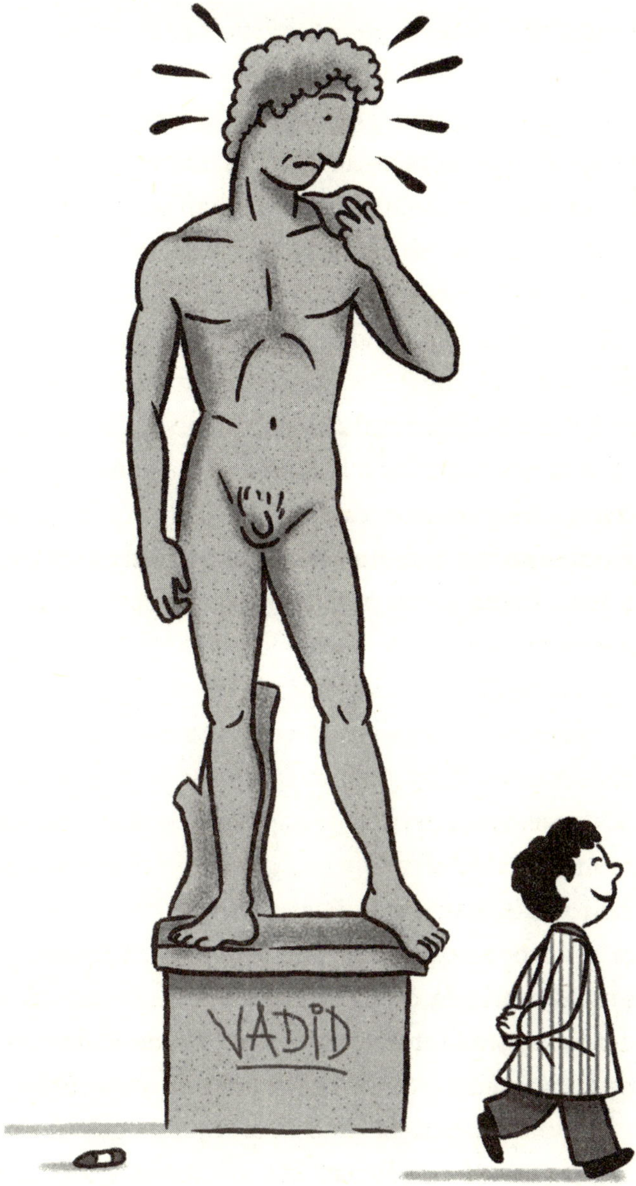
VADID

coordinació motora i l'atenció. No té res a vore amb la intel·ligència. És una cosa molt més comuna del que la gent es pensa i absolutament passatgera.»

Seguint el consell del logopeda, els seus pares decidiren no preocupar-se pel tema, tot i que la dislèxia fonològica nominativa no va ser tan passatgera com esperaven. I és que a hores d'ara el xic continua sense dir ni escriure correctament el seu nom. Hi ha algú a la família, concretament la seua àvia, que pensa que tot això de la dislèxia fonològica nominativa està molt bé per posar-ho en un paper, però que en realitat al seu nét, el que li passa, és que no reconeix el seu nom perquè encara està buscant-se a si mateix. És clar que l'àvia, a més de ser una mica rara, és mig bruixa, llig les mans, tira les cartes, i practica la cuina del més enllà.

Coses de bruixes domèstiques a banda, supose que alguns de vosaltres deveu estar preguntant-vos com ha pogut sobreviure el nostre protagonista al col·le, temple per excel·lència de la crueltat més gratuïta, amb un cartell penjat al coll on es llig «Dislèxia fonològica nominativa». Doncs la veritat és que he de dir-vos que sense cap problema. I és que per una afortunada casualitat del destí, cap company del Balmes mai no ha arribat a conéixer *el problema de la recerca*, com diria la seua àvia, *del seu propi jo*.

Durant els tres anys d'infantil, tot i que el nom brodat amb lletres grans al seu davantal blau deia

«David», tots els seus compis s'acostumaren espontàniament a dir-li com ell deia dir-se. Sense sospitar res estrany en el fet que la mestra li diguera de forma distinta (en realitat, el seu nom real), tota la classe el coneixia ja com Vadi de la manera més natural i ingènua.

El problema haguera pogut vindre, no cal dir-ho, en arribar a primària. A la classe de Primer A, on li va tocar al nostre protagonista, pràcticament passaren en bloc tots els seus companys de l'etapa infantil. Una mica més alts, menys ingenus i tres anys més espavilats, ja ho podeu ben dir. Per això haguera sigut normal que, en passar al col·le dels majors, la majoria de la nova classe s'haguera adonat ja durant els primers cursos que, tal com Indiana Jones buscava l'arca perduda, David Badia seguia buscant el seu propi jo. Allò, sense cap mena de dubte, haguera sigut com nadar entre taurons amb una ferida sagnant. I és que pot ser que Indy estrenara sempre les seues pel·lícules entre visques i aplaudiments; però si Vadi haguera estrenat la pel·li del seu nom al Balmes, ja vos assegure jo que ho haguera fet entre bromes pesades i malnoms feridors.

Tanmateix, això mai no va arribar a succeir. I és ací on entra en escena l'afortunada casualitat que es va creuar al destí del xic, quan li va tocar en Marc com a professor de primer. En Marc, més conegut com Marcus o Juràssic Marc, era el profe més antic i antiquat del col·legi públic Balmes; l'últim exponent viu del que es coneix com a *vella escola*. El seu aspecte ranci i encartonat era un reflex fidel de la seua forma d'entendre la docència, i ja des del primer passe de llista va deixar ben clar que als seus alumnes, a classe, els deien com s'havia fet tota la vida: únicament i exclusivament pel seu primer cognom.

Així doncs, de la mateixa manera que els noms de pila dels seus compis hagueren d'obrir pas als seus primers cognoms, el Vadi d'infantil fou rebatejat per en Marcus com el Badia de primària. Tota una sort per al xic. D'esta manera, desaparegut del mapa el seu propi nom, desapareixia ja la possibilitat que cap tauró advertira la seua incapacitat dislèxica per pronunciar-lo.

Durant este primer curs de primària, la mà ferma d'en Jurassic Marc es va deixar notar de valent en els alumnes de Primer A. Ningú al col·le no va gosar dir-li pel seu nom de pila a cap company. I a força de repetir este costum ni tan sols ho feien ja fora del centre, al carrer o pel barri. L'ombra estricta d'en Marcus es va fer tan present en la conducta dels xics que, durant tot aquell any, dir-se pel cognom es va convertir per a ells en la cosa més normal.

–Hola, el meu nom és Maria, però tothom pot dir-me Mari –l'any següent, el pas a Segon A va ser radical del tot. La Mari, la nova profe acabada d'eixir de l'escola de magisteri, va irrompre al Balmes com un tsunami d'energia positiva i bon rotllo. Tot i això, li va costar déu i ajuda despetrificar els seus alumnes, atrapats encara a la vella teranyina de l'acabat de jubilar Juràssic Marc. És clar que, com que l'ambient a classe era molt més jovial i relaxat ara, seguint l'exemple de la profe, alguns començaren a posar malnoms als altres, o a fer diminutius amb els cognoms dels seus compis. Així va ser com el xicotet Badia, començat ja l'estiu d'aquell any, per obra i gràcia d'algun dels seus companys va passar a dir-se Badi.

Sí..., Badi. Curiós, oi que sí? Amb la insignificant diferència d'una *B* per una *V*, una altra carambola del destí tornava a posar a disposició del xaval el seu nom dislèxic. I esta vegada, a més, sense perill que cap tauró olorara la sang de la seua ferida. Doncs ara que Badi venia de Badia i no de Davi, el xic podia recuperar el seu nom d'infantil sense que ningú no sospitara que en realitat seguia buscant el seu propi jo; sense que ningú sospitara, en definitiva, que la dislèxia fonològica nominativa seguia sense permetre-li escriure ni llegir correctament el seu nom real.

Però tot al camí no anaven a ser roses. I si és ben cert que, gràcies a estos capricis de les lletres i les casualitats, la seua dislèxia no arribà a fer-se pública entre els seus companys, no deixa de ser menys cert que el nou Badi no va poder evitar poc després que l'astigmatisme, la miopia, i la intolerància a les lents, anunciaren amb bombo i platerets que havien arribat a la seua vida per a quedar-s'hi. Unes ulleres redones de filferro negre, al més pur estil Harry Potter, s'encarregaren de fer este anunci oficial en començar el nou curs. Així que, des del primer dia de tercer, aquelles ulleres potterianes li emmarcaren els ulls, i ja no abandonarien la mirada del xic fins a fer-li un altre pas de rosca a la petita història del seu nom.

No sabria dir ben bé, a propòsit d'açò últim, si Badi portava ulleres de Harry Potter perquè havia començat a llegir àvidament els seus llibres, o si bé Badi va començar a llegir àvidament els llibres de Harry Potter perquè portava les seues ulleres. La qüestió és que en quart curs Badi ja s'havia llegit dues vegades els set Harry Potter, i havia vist unes cinquanta vegades les huit pel·lícules. El xic es va convertir així en el màxim expert *potterià* del Balmes. Tothom sabia a qui havia de buscar per tal de resoldre qualsevol dubte sobre la nissaga del jove mag. Tan anomenat va arribar a ser el seu coneixement friqui del tema, que aquell mateix any a algun espavilat se li va ocórrer l'enginyosa idea de *harrypotteritzar* el nom de Badi. Com a resultat va nàixer un nou malnom escolar: Baddy Potter.

El nou malnom escolar prompte va traspassar les fronteres del col·le per a fer-se ben popular pels carrers del barri. Tot i que el ben cert és que la vida de Baddy Potter va ser més aviat efímera. Quan el pare del xaval el va inscriure aquella mateixa temporada al Russafa City, el míster de l'equip va decidir prescindir de Potter i quedar-se només amb Baddy. Tret de considerar aquell nom com un autèntic despropòsit dintre del món futbolístic, Baddy Potter era massa llarg per a ser cridat des de la banda. Així que el xic va haver de conformar-se amb Baddy a seques. La qual cosa no estava gens malament per a ell. Al capdavall havien passat els anys i, algunes lletres amunt o avall, ell seguia conservant el seu nom d'infantil sense que ningú no s'haguera adonat de res.

Una última revolta, tanmateix, faltava en el camí que conduïx al capítol final de la història del seu nom. Però d'este capítol, el que explica la distància que separa a Baddy de Buddy vos en parlaré més tard. De moment, benvolguts lectors, tem no disposar de temps per a més. El xic i son pare acaben d'arribar al número 11 de la plaça del Baró de Cortes, barri de Russafa, districte de l'Eixample.

4

Els guants del Dragón

Hummm... Canelons encantats.

El rebedor fa olor de Glòria.

Així li diuen a l'àvia mig bruixa de Buddy. La mateixa que cada dissabte obri el seu *Llibre secret de receptes* per a delit del seu nét i veïns de la finca; una finca antiga de quatre plantes situada enfront del mercat municipal de Russafa, al mateix melic del barri, al primer pis de la qual viuen des de fa quaranta-huit anys els avis del xic. Tot i que no tinga ascensor, a Buddy no se li ocorre un lloc millor on viure.

El iaio Fred subjecta la porta de l'entrada mentre pare i fill passen a l'interior. El primer desfila sota el marc amb un somriure d'orella a orella; el segon arrossega els peus mirant-se les sabatilles amb posat apesarat.

–Com ha anat el partit, David? –després de besar-lo a les galtes, el xaval és a punt de respondre a l'avi però es queda amb la paraula a la boca.

–Que com ha anat el partit? –se li ha avançat son pare–. El millor dels vint-i-dos! –exclama amb gran satisfacció endinsant-se a la vivenda–. El millor dels vint-i-dos!

«Ja estem igual un altre dissabte.» Potser a son pare li diuen...Vadid? Buddy camina cap a la cuina carregat amb la bossota i emmurriat com una mona. «El millor dels vint-i-dos!», es diu a si mateix amb un dring amarg mentre avança pel corredor. «El millor dels vint-i-dos!» De vegades sembla que son pare no sàpia expressar-se si no és a còpia de tot este argot futboler. Com si tothom haguera de saber de futbol, i tot i que totes estes expressions no es corresponguen, com en este cas, amb la realitat. «El millor dels vint-i-dos?» D'acord. Deixant de banda el que hui ha descobert sobre els guants del Dragón, cosa que segons ell el convertix en tot el contrari a *El millor*, Buddy pensa en com n'és, d'innexacte, això del número vint-i-dos. I és que pot ser que als partits de majors juguen onze contra onze. Molt bé. Onze més onze, vint-i-dos. Però és que son pare –s'encén el xic amb recança– encara no s'ha adonat que a la categoria d'alevins juguen huit contra huit?

En fi... Si el rebedor feia olor de glòria, la cuina fa olor de regne celestial.

–Com t'ha anat el partit, David? –pregunta l'àvia mentre trau del forn la safata fumejant de canelons encantats.

–Que com li ha anat el partit?! El millor dels vint-i-dos! –se li torna a avançar son pare mentre agafa una cervesa de la nevera–. El millor dels vint-i-dos!

–No sabia que et digueren... Vadid! –protesta iradament el xic, just quan es disposava a besar la iaia Glòria–. I no són vint-i-dos, papà! –crida a tot pulmó–. Són setze! Que ho sàpies! –deixa caure la bossota amb gran estrèpit–. El millor dels setze! En tot cas seria el millor dels setze!

Els avis i el pare han restat bocabadats després de l'enfurismada reacció del xaval. Els primers amb certa preocupació, ja que no han vist mai el seu nét respondre així d'enfadat a ningú. El segon amb perplexitat, perquè *de sobrebot* –com ell mateix diria– no ha entés ben bé què és tot este ball de nombres al qual es referix el seu fill. «Vint-i-dos? Setze?». Hi pensa per un instant.

–Vosté, perdone, n'Exacte –ironitza son pare sense acritud, en caure a la fi en la suma dels huit més huit–. Sembla que se'ns ha pujat molt ràpid l'èxit al cap.

–Èxit? –es descoratja el xaval posant-se les mans a la cintura–. Quin èxit?

Abans que pare i fill s'emboliquen en un carreró dialèctic sense eixida, Glòria recorre als seus poders de mig bruixa. I així, tot bellugant un eixugamà en l'aire a tall de ventall, escampa l'aroma màgica dels seus canelons entre pare i fill. Tot seguit, com guiats per un mateix mecanisme, els dos tomben els colls a l'uníson per somriure a la senyora que sosté la safata fumejant.

–Ja està el dinar, cavallers. Tots a taula.

«Hummm... Encís de tiramisú.»

Este és el nom de les postres favorites de Buddy; les postres que cada dissabte li prepara l'àvia. A propòsit, els canelons encantats estaven boníssims. Tan bons que ni tan sols el *futbolpaparra* de son pare ha sigut capaç d'arruïnar-li moment tan deliciós. I no serà perquè el bon home no s'hi haja esforçat. No debades, s'ha passat tot el dinar explicant les parades increïbles que el seu fill ha protagonitzat este matí al partit. Que si una a boca de canó, que si la del penal, que si un rebuig de punys, que si bla, bla, bla...

–Ja saps que el dissabte al matí la iaia i jo tenim classe, veritat que sí, David? –pregunta retòricament el iaio Fred tot aprofitant que el pare de Buddy s'ha absentat per anar al lavabo.

–I tant, iaio. No t'amoïnes –respon el xic amb la boca plena de tiramisú.

A Buddy li fa pena que l'avi es veja obligat a excusar la seua absència i la de l'àvia als partits del dissabte. No és que als iaios no els agrade el futbol. O que no vulguen vore jugar el seu nét, ara que des de fa tres setmanes ha deixat d'escalfar la banqueta. No és això. El que passa és que Fred i Glòria compartixen una afició molt més excitant per a ells; una passió de la qual no són mers espectadors sinó autèntics protagonistes. Balls de saló.

Cada dissabte al matí els iaios van a l'acadèmia de ball on es varen conéixer fa cinquanta-dos anys. Des d'aleshores no han faltat un sol dia a les classes. I tot i que després de tant de temps ballant poguera pensar-se que el ball ja no els genera la mateixa il·lusió d'abans, el ben cert és que cada dissabte acudixen a l'acadèmia amb més ganes, si això és possible, d'aprendre i perfeccionar els més diversos estils.

–Este trimestre tenim classes de mambo –explica el iaio Fred mentre s'acaba el seu encís de tiramisú.

–Mambo! –canta el pare de Buddy fent-se el divertit a la seua tornada del lavabo–. Mambo! Mambo! –remena el cul com un ànec marejat fent el més espantós dels quadres. I esta és una cosa que encen el xic. Tota afició que no tinga a vore res amb el futbol, és susceptible de ser ridiculitzada per part de son pare sense cap mirament–. Mambo! Mambo! –continua sense parar.

–Així és, sí senyor, mambo –respon amb mesura el iaio Fred a les bajanades del seu fill–. Es tracta d'un ball d'origen cubà inventat als anys trenta –explica apassionadament al seu nét mentre l'ànec marejat s'asseu de nou a taula–. Té un ritme trepidant, molt animat i ple d'energia, per això també li diuen salsa els llatins de Nova York.

Ha sigut sentir Nova York i al pare de Buddy li ha canviat el semblant de manera radical. Si fins feia un segon la seua cara era d'autèntic acudit, ara, de sobte, ha esdevingut tot un poema.

«Quina cantada, iaio», pensa el xaval per a si mateix fent un improvisat homenatge futbolístic a son pare. I és que *cantada*, per si no ho sabeu, és com es denomina en termes futbolístics a l'errada tonta, ridícula i inexcusable d'un porter.

El iaio Fred sí que sap el que significa *cantar* en termes futbolístics i per esta raó la seua cara tampoc no en té, de pèrdua. A penes s'ha adonat de la seua cantada, ha emmudit per complet i els seus ulls verds semblen voler dir «Déu meu! Quina planxa!».

–Com s'han portat este matí els guants que t'arreglí, David? –als poders de mig bruixa de la iaia Glòria sembla que se'ls amuntona la faena. Mentre canvia oportunament de tema, l'àvia servix a tothom una segona ració d'encís de tiramisú. Com per art de màgia, els semblants del seu fill i del seu marit han començat a irradiar amb la primera cullerada una expressió de dolça afabilitat. A Buddy, tanmateix, li pertoca de moment posar la seua millor cara de pòquer.

–Que com s'han portat els guants? –repregunta retòricament el nét donant-se temps per reflexionar. Potser la iaia sap alguna cosa sobre els guants del Dragón que ell no sap i hauria de saber? Coneix Glòria el secret que amaguen estos maleïts guants?– Doncs la veritat és que s'han portat fantàsticament –respon el xic brandint la seua cullereta contra el tiramisú–. Tan fantàsticament que sembla que estos guants juguen sols i tot. No m'estranya gens que qui se'ls pose esdevinga cada partit el millor dels vint-i-dos –diu amb acusat dring sorprés que son pare no se li haja avançat esta vegada–. Què els feres, iaia?

–Res de l'altre món –l'àvia li lleva misteri a l'assumpte amb un to de total intranscendència–. Un parell de pedaços per ací, un parell de pegats per allà, uns quants repunts per allí... Com que t'estaven tan grans...

«I tan grans!» Quinze talles grans per a ser exactes. Una desproporció de grandària que només se li podia haver passat per alt a un obsés del futbol; a un fanàtic exagerat més preocupat per la procedència extraordinària d'estos guants de porter, que de la talla de mans del seu destinatari. I és que resulta que els guants del Dragón havien sigut un regal sorpresa de son pare, feia més o menys tres setmanes.

Exactament la nit anterior al seu debut forçós com a porter titular del City.

–Mira quin fantàstic regal tinc per a tu, Davi –l'havia despertat son pare quan tot just acabava d'adormir-se. Buddy es va refregar els ulls mirant des del llit el calendari que hi havia al seu escriptori. S'esfumava el primer divendres de juny. No era el seu aniversari, ni tan sols el seu sant, i per descartar qualsevol altra celebració, diguem que havia plogut ja prou des de la caiguda de la seua última dent.

La mirada apassionada de son pare, assegut sobre els llençols, va contrastar amb el posat de desconcert del xaval quan este va agafar la bossa de cuir que se li oferia. Es tractava d'una bossa plana de cuir blanc, semblant en grandària i forma a la funda d'una raqueta de pàdel, tancada tota ella amb una cremallera que envoltava el seu contorn. En una de les cares, brodat amb fils brillants i multitud de colors, creuava els núvols un d'aquells dracs llegendaris que poblen de misteri les rondalles medievals; una espècie de rèptil gegant, de grans i nerviüdes ales, urpes com alfanges, dents esmolades i hàlit de foc.

Buddy va obrir aquella bossa especial amb un irreprimible badall.

–Uns guants de porter –va xiuxiuejar amb incredulitat en traure'ls de la bossa.

En efecte. Eren uns guants de porter professional, enormes, tous com un matalàs i... de segona mà?, bruts?, suats? Arrufant el nas davant l'oloreta que li arribava des d'aquelles manyoples humides, el xic va tornar a guardar-los a la seua bossa especial. Aleshores, sota la imatge del drac volador, va adonar-se de les paraules que hi havia manuscrites amb retolador negre sobre el cuir blanc; en realitat, una dedicatòria.

«Aquí tienes mis guantes,
Cañi».

–Saps de qui són, oi? –va preguntar el pare amb tant d'entusiasme com son en tenien els ulls del fill. Mirant de complaure'l sense saber molt bé què dir, Buddy va improvisar una resposta amb la primera cosa que se li va acudir.

–Són de..., de..., de Cañi?

–Exacte. Què et sembla, Davi? Són els últims guants de Santi Cañizares! Els guants que va fer servir al seu últim partit professional el millor porter de la història del València Club de Futbol! Els autèntics guants del Dragón! –i sobre la paret que tenien al davant, el pare va assenyalar el pòster desplegable que ell mateix havia penjat a l'habitació del seu fill alguns anys enrere.

Buddy no va necessitar mirar cap allà. Sabia de memòria la ressenya biogràfica que resava així al peu del maleït pòster:

José Santiago Cañizares Ruiz (Puertollano, Ciudad Real, 18 de desembre de 1969). Jugador internacional del València CF des del 1998 fins el 2008. Claudio Ranieri, entrenador xe, li va posar de malnom *El Dragón* pels increïbles reflexos que posseïa per parar penals i d'altres balons impossibles; una habilitat extraordinària, gairebé màgica, que el va convertir en un mite del club des del dia de la seua retirada el 18 de maig del 2008.

–Què? T'has quedat sense paraules, oi? Però t'has fixat bé? Són els mateixos. Mira-ho, són els mateixos –com que son pare insistia a assenyalar amb l'índex cap al pòster, al xic no li va quedar més remei que portar fins aquell punt la mirada. Un tipus de quasi quaranta anys vestit de porter, amb els cabells tenyits de groc, mànigues arromangades i braçalet de capità, alça les mans per damunt del seu cap dient adéu a Mestalla des del cercle central. «València CF, 3–Atlètic de Madrid, 1.» És el seu partit de comiat i, efectivament, els guants que duu posats són els mateixos que Buddy sosté alhora sobre el seu llit. Tot i que no és esta, tanmateix, la cosa en què es fixa en este moment el xaval.

El pòster deu fer almenys tres anys que el té allí penjat. I és ara, precisament ara, quan Buddy es fixa en els ulls clars de Cañizares. Uns ulls vidriosos i envermellits que a penes aconseguixen evitar que l'emoció de tot un drac es transforme en llàgrimes. Però encara n'hi ha més. En este pòster desplegable, extret d'una revista d'esports unes setmanes després d'este últim partit de comiat, també hi ha imprés part del reportatge dedicat al ja llegendari porter del València. S'hi parla de l'afició de Santi Cañizares per col·leccionar cotxes esportius històrics, del seu vessant com a pilot de ral·lis, i de la seua nova dedicació professional com a comentarista esportiu a la ràdio i a la televisió. També s'hi tracten, en una entrevista, els motius extraesportius que l'han obligat a acomiadar-se dels terrenys de joc. I fent precisament referència a la seua retirada, hi ha un xicotet text destacat en cursiva, negreta, i posat entre cometes, que diu així:

«*Tenía pensado marcharme cuando apareciera uno mucho mejor que yo.*
–Ahí tienes mis guantes–, le hubiera dicho.
Pero eso no sucedió».

Ahí tienes mis guantes, va llegir Buddy sobre el paper xarolat del pòster.

Ahí tienes mis guantes, va rellegir sobre el cuir blanc de la bossa especial del Dragón.

–Gràcies –comprenent ara el significat de la dedicatòria, el xic va apartar els llençols i es va abraçar a son pare–. Moltes gràcies, papà –va xiuxiuejar conscient del que allò representava per a ell.

No debades allò (el futbol) era l'única cosa que encara mantenia viu aquell home.

5

Big Bang: la marca al front

La vida del pare de Buddy gira al voltant del futbol amb la mateixa obsessió que la Lluna fa voltes a la Terra. És cert que este home sempre havia sigut un futboler de nivell superior; una d'aquelles persones abillades amb bufanda que no es perden un partit del seu equip, una ressenya esportiva als diaris, o les novetats de l'últim entrenament al telenotícies. Però des que fa tres anys es va divorciar de la seua dona i esta se'n va anar a viure a Nova York, del nivell futboler superior ha saltat al nivell estratosfèric sense necessitat de passar pels tres nivells intermedis que separen totes dues categories. Que en què consistix el nivell estratosfèric? Doncs voreu, el nivell estratosfèric és el nivell top de desvari dels aficionats al futbol. Per damunt d'ell no existix res més. Potser una camisa de força amb l'escut i els colors del seu equip; tot i que no crec que el pare de Buddy hi haja arribat encara, a este estadi de *futbolització* terminal. Com vos deia a l'inici, ara mateix la situació de la seua obsessió futbolística s'assembla més aviat a l'obsessió de la Lluna per la Terra. Només que per comptes de girar al voltant del planeta blau, els dies del pare de Buddy orbiten al voltant d'un altre planeta; un planeta de cuir compost per dotze pentàgons i vint hexàgons anomenat baló de reglament.

Perquè vos en feu una idea, deixant a banda el seu carnet de soci del València CF, així com les subscripcions a Gol TV, Canal Liga i Canal Champions, vos diré que el pare de Buddy no és només el fundador, president i *alma mater* del Russafa City FC, sinó que, a més a més, Badia Esports és el màxim patrocinador de l'equip.

Sí. Badia Esports és el nom de la tenda d'articles esportius propietat de son pare. Està situada al baix comercial del número 11 de la plaça del Baró de Cortes, davant de la porta principal del genuí mercat de Russafa, al mateix local on el iaio Fred va obrir el seu taller l'any 1963.

Aleshores el Taller Badia es dedicava a la reparació de sabates en general, i de calçat de ball, en particular. La proliferació de nombroses sales de ball per tot l'Eixample, unida a l'afició del nou matrimoni Badia per l'art de fer moure l'esquelet, prompte li va procurar a l'emergent taller una nombrosa i fidel clientela. Amb els anys, el negoci no només es va consolidar com a centre de salut per a tota mena de sabata ballarina; també va ampliar la seua carta de serveis i va oferir calçat artesanal a mida, així com tota classe d'accessoris i complements de dansa.

Aquella va ser una gran època per al taller. I per al iaio i la iaia, que, gràcies al seu treball i esforç, aconseguiren en pocs anys donar l'entrada per a la compra del pis que havia quedat lliure en la primera planta de l'edifici on tenien el seu local. La faena ben feta dels Badia, al treball i a la pista, els va fer tan populars al seu moment que arribaren a ser coneguts com els *Freddie i Ginger de Russafa*, afectuosa al·lusió als grans protagonistes dels musicals de Hollywood, Fred Astaire i Ginger Rogers. Precisament amb la banda sonora de *Shall we dance?*, una de les més famoses pel·lícules d'esta parella del cinema clàssic, es va gravar una falca publicitària per al seu negoci. *Vine al Taller Badia i balla amb alegria* va sonar com a eslògan principal durant una bona temporada en diverses emissores de la ciutat.

Així les coses i passades unes poques primaveres, va aparéixer en escena el pare de Buddy. I com no podia ser d'una altra manera, des de ben menut el món del calçat va captivar el seu interés. Una conseqüència lògica, tenint en compte la quantitat d'hores que el xiquet va passar al taller amb els seus pares com a enllustrador oficial, tot i que no eren precisament les sabates de ball les que més el varen atraure des d'un inici. Les que realment l'encisaven eren unes de pell marró i cordons vermells, punteres reforçades i tacs a les soles. Botes de futbol.

Un exjugador del València CF, molt conegut a la dècada dels cinquanta, portava les seues al Taller Badia. Tot i que feia alguns anys que ja s'havia retirat com a professional, encara jugava a la lliga de veterans per tal de matar el cuquet, a més de mantindre's en forma a la mateixa acadèmia de ball on acudien amb regularitat Fred i Glòria. En un principi, els Badia només li posaven a punt les sabates de ballar. Però un bon dia, per casualitat, li va comentar a Fred un problema que tenia de fregades amb les seues botes de futbol. L'endemà l'avi li havia resolt la qüestió amb tanta satisfacció del jugador, que tot seguit el Taller Badia es va omplir de les botes de l'equip de veterans del València CF.

Així va ser com el pare de Buddy, que quan no estava al col·le sempre anava trastejant pel local, amb a penes deu anys va aconseguir autògrafs i fotos amb totes les llegendes vives del valencianisme. El xiquet s'escoltava amb gran plaer totes les històries, anècdotes i confidències que aquells grans mites del baló li explicaven a la rebotiga. Fins i tot, de vegades, feia uns tocs amb ells al desllunat, o jugaven un partidet a la revolta del mercat, davant de l'església de Sant Valeri.

A poc a poc, aquells dies, el verí del futbol va ser inoculat a les seues venes per uns homes que encara vivien aquell esport com un joc; cavallers d'una peça que pertanyien a una època passada, on el romanticisme i l'afició prevalien sobre els milions o els descapotables. Així que quan aquell grup de veterans li varen proposar anar als camps d'entrenament de Paterna, per a fer una prova amb els alevins del València CF, el petit Badia, pujat en una muntanya russa d'il·lusió i adrenalina, va estar-se sense dormir tota la setmana que va precedir aquell dia.

No va ser necessària la influència dels seus vells camarades perquè el pare de Buddy fóra fitxat *ipso facto* pel València CF. Els tècnics del planter s'adonaren al cap de cinc minuts que aquell xiquet conduïa la pilota com si portara guants als peus, disparava com si li hi anara la vida i sobretot, per damunt de qualsevol de les seues múltiples habilitats, jugava al futbol amb el cor.

Durant els set anys següents el petit Badia va passar per totes les categories inferiors del club, i va comptar sempre amb els millors informes dels entrenadors. Cada temporada, el xic apuntava millors maneres al camp, exercia de líder entre els seus companys, i va anar consolidant-se en la posició de defensa lliure com l'aposta més prometedora del planter xe. En tot este temps només va existir per a ell un motiu pel qual alçar-se cada matí. El futbol. Debutar un dia amb la samarreta del primer equip a Mestalla es va convertir en alguna cosa més que un objectiu. Era la seua raó de viure.

La setmana que feia díhuit anys, el destí va voler oferir-li el millor regal que mai ningú no haguera pogut haver-li fet. Va ser convocat amb el primer equip per jugar el partidet d'entrenament que cada dijous s'hi jugava contra el filial. El mateix entrenador de la plantilla professional va parlar amb el xic en privat i li va confessar que tenia tota la seua confiança. Li va confirmar, a més a més, que a partir d'aleshores anava a entrenar-se amb ells tots els dies.

–Estigues preparat perquè debutaràs abans del que imagines –li va dir el míster en eixir de la seua oficina de camí al camp d'entrenament.

Una vegada ja al terreny de joc i seguint les instruccions dels tècnics, el pare de Buddy va ocupar la seua posició al bell mig de la defensa titular. Envoltat per les figures valencianistes del moment, el xic va creure que somiava quan per fi va començar el partidet. El somni, tanmateix, va durar tot just deu minuts. En una jugada defensiva, en caure sobre la banda esquerra per a cobrir la pujada del seu lateral, la jove promesa del València va fer una mala trepitjada amb el peu dret i, de colp, va sentir com li esclatava el genoll en un *big bang* de dolor. Els lligaments encreuats li havien saltat en mil trossos.

Durant l'any següent va passar per una infinitat d'operacions i una sèrie interminable de sessions de rehabilitació. Però aquell genoll, per més que es va intentar, ja no va ser recuperable per a la pràctica del futbol. Després de tants anys d'anhel i d'assaborir deu minuts la glòria, el pare de Buddy va haver de dir adéu a la seua carrera com a futbolista professional.

Amb díhuit anys complits, una cicatriu al genoll de la grandària d'una cremallera de xandall, i un cartell al coll que deia «Expromesa del futbol-Sense ofici, ni benefici», va ser com va aterrar el xaval uns mesos després al Taller Badia. Tot i que el jove havia encarat amb sorprenent fortalesa aquell revés capritxós del destí, els seus pares varen entendre que ocupar el seu fill al negoci familiar seria la millor manera de mantindre'l fora de la depressió i la malencolia. Així que varen confiar en la capacitat terapèutica del treball i delegaren en ell part de l'activitat del taller. I la veritat és que l'aposta no els va anar gens malament. Ni al taller, ni al xaval.

El pare de Buddy, més enllà de la reparació i confecció artesanal de calçat de ball, va ampliar l'activitat comercial del negoci cap a la venda de botes de futbol. Recorrent a les amistats i contactes que havia fet en la seua etapa de futbolista, el xicotet enllustrador va aconseguir que el local esdevinguera en poc de temps un punt de referència per a la compra, ja no sols de botes, sinó de tota mena de material futbolístic. Moltes de les estrelles i promeses locals es deixaven vore freqüentment per allí, i això suposava sens dubte un reclam extra per als clients, cada vegada més nombrosos, que s'acostaven a la tenda. Amb el pas del temps, l'oferta comercial es va ampliar també a altres classes d'esports, i este vessant del negoci va anar ocupant, cada vegada, més i més espai a l'antic taller. La cosa va anar tan lluny que, quan els iaios es van jubilar fa més o menys quatre anys, el pare de Buddy va substituir l'antic cartell del local per un rètol de neó que encara diu Badia Esports.

I dic *encara* perquè d'un temps ençà les coses semblen no anar tan bé a la tenda. És clar que tampoc no li van gaire bé al seu actual propietari. I és que qualsevol diria que la paraula *crisi* li ha caigut al damunt com una llosa estos últims tres anys. Crisi econòmica, crisi matrimonial, crisi dels quaranta... Crisi, crisi, crisi. Res que no puga resoldre, de moment, la tercera ració d'encís de tiramisú que la iaia Glòria acaba de servir a tots els Badia ara mateix.

Després d'ajudar a alçar taula i escurar, Buddy agafa la bossota que havia deixat a la galeria de la cuina i s'endinsa pel corredor de camí a la seua habitació; una habitació personal que té al vell pis dels avis. És allí, en realitat, on passa tant de temps o més que al pis del carrer de Pere III el Gran, dues illes més avall, on oficialment viuen son pare i ell.

Malgrat que l'habitació és espaiosa, de sostres i finestrals alts, pel seu mobiliari i decoració sembla més aviat una petita màquina del temps detinguda en una època passada. El llit, el guarda-roba i l'escriptori són de l'any de la picor. I al paper pintat de les parets, de franges ocres i pastel, hi ha penjades diverses fotos i postals en blanc i negre. Entre tot allò destaca un pòster en gran format situat precisament a la paret que hi ha prop del llit. Es tracta d'un pòster original del final dels anys cinquanta. Hi apareix dret un elegant jove de vint-i-pocs anys. Abillat amb vestit de jaqueta i corbata i al costat d'un micròfon, somriu al front mentre toca amb distinció la guitarra elèctrica que porta penjada. Té el cabell negre, el duu curt dels costats i un serrell giragonsat corona el seu cap. Allò que més destaca de la seua imatge, amb molta diferència, són les ulleres de pasta negra que emmarquen la ingenuïtat de la seua mirada.

Quan Buddy entra a l'habitació deixa la bossota sobre el llit i sembla picar l'ullet al xic del pòster. Deixant de banda el vestit i la corbata, i observats tots dos cara per cara, el ben cert és que el nostre protagonista té una gran semblança amb el tipus de la paret. Supose que hi contribuïx, decisivament, el fet que ambdós porten el mateix model d'ulleres.

–Tens alguna cosa per a la llavadora? –se sent preguntar a l'àvia des del corredor.

–Sí, iaia. La tovalla i l'equipatge del partit.

Buddy obri la bossota i trau les calces blanques, els pantalons negres i el jersei groc de porter. Damunt del número 13 estampat a l'esquena, el xic veu escrit en majúscules el seu malnom actual. BADDY. Abans de fer una pilota amb tot i passar-li-la a l'àvia, a propòsit del seu malnom un record impertinent assalta el seu cap. Es tracta de la seua primera classe amb Elvis, el seu professor particular, *molt particular*, d'anglés.

–Com que Baddy?! Qui dimonis voldria dir-se Baddy?! –va ressonar amb incredulitat la veu d'Elvis quan el seu nou alumne va respondre a la clàssica pregunta *Can you spell your name, please?* La pregunta immediatament anterior, òbviament, havia sigut *What's your name?* A la qual cosa el xic havia respost *My name is..., well, everyone calls me Baddy*.

Heu de saber des d'ara mateix que Elvis seguix a les seues classes un programa i una metodologia molt especials. Alguns professors d'anglés, i no precisament dels més ortodoxos, han qualificat les seues classes d'estrambòtiques, però el ben cert és que els resultats pràctics en els seus alumnes, tinguen l'edat que tinguen, han sigut sempre innegables. Sense anar més lluny, aquella primera vesprada a les golfes d'Elvis, el nostre xic va aprendre una bona lliçó sobre el paper dels sufixos, i la seua capacitat per

BADDY
13

a crear noves paraules a partir d'altres ja existents. Així fou com va descobrir que Baddy, el seu primer cognom abreujat i *harrypotteritzat*, era en realitat una derivació de l'adjectiu *bad*, que, com tothom sap des de primer d'anglés, significa 'dolent'. El que tots no saben, i Buddy ho va aprendre aquell mateix dia, és que *bad* més el sufix *dy*, és a dir, *baddy*, és una paraula molt concreta que els angloparlants fan servir per a designar a qui en diríem... «el dolent de la pel·lícula». Un malvat, en realitat, un antiheroi, un traïdor... «un impostor», pensa per a si mateix el xic quan li passa finalment a la seua àvia el munt de roba bruta. «Qui dimonis voldria dir-se Baddy?», repassa mentalment la pregunta que Elvis li va fer aquella vesprada mentre obri la porta del guarda-roba per a deixar la bossota. «Qui dimonis voldria dir-se Baddy?», repeteix davant de l'espill interior que sorgix per darrere de la mateixa porta.

–Un impostor! –respon enfurismat al seu propi reflex.

Tot seguit, guiat per una mirada de determinació força irada, el xic es tomba cap a l'escriptori i remena amb impaciència les coses que omplin el calaix. Al capdavall, troba el que busca i es capgira de nou cap al guarda-roba. La bossota està oberta. Del seu interior sobreïx la bossa especial dels guants del Dragón. Buddy l'agafa sense pensar-s'ho. Descorre la cremallera i trau tot d'una les maleïdes manyoples.

–És que necessiten una altra reparació? –el sorprén l'àvia des de la porta. El xic sosté en una mà els guants, mentre amb l'altra empunya un cúter desenfundat.

–No. A quin sant, iaia –reacciona el xaval com acabat d'eixir d'un tràngol–. Estan perfectes. Només anava a llevar-los estos filets que pengen de les costures. Mira, ja està –i torna a deixar-los tranquil·lament dins de la seua bossa.

–Vas a descansar una estona? –l'àvia es fa l'orni com si no s'haguera adonat de res.

–No. No estic cansat, iaia. I a més a més no tinc temps –respon mentre submergix el cap dins del guarda-roba–. He d'assajar.

–Cançons en anglés? –Buddy assentix sense trobar allò que busca–. Te l'he deixada sota el llit –l'informa l'àvia–. Damunt d'una catifa perquè no s'embrute. Diuen que sota el llit s'amaguen les il·lusions que somiem. Vés a saber –prosseguix amb to misteriós–, potser si les hi traus...

–Gràcies, iaia –ara és el xic qui es fa l'orni com si no s'haguera adonat de res.

–Digues David –li demana Glòria com si li diguera «et vull» en un idioma que només ells conegueren.

–Vadid –li respon Buddy com si li diguera «jo també».

L'àvia desapareix corredor amunt. El xic s'agenolla al costat del llit i trau de baix la seua Fender Stratocaster de segona mà. Això de segona mà és només un dir. Déu sap els centenars de mans que deuen haver tocat esta guitarra elèctrica. Tot i que Buddy no es queixa. En absolut. Prou suor, llàgrimes i dòlars li va costar a sa mare trobar una guitarra igualeta a la del xic del pòster; el pòster en blanc i negre que hi ha penjat a la paret del llit.

Com que és l'hora de la migdiada, el xic ha deixat de banda el vell amplificador i pren la guitarra desconnectada. Seu sobre els llençols i deixa damunt del coixí els seus apunts musicals.

–*One, two. One, two, three, four*... –i comença a cantar *Oh, Boy!*

Quan tot just ha tocat uns quants acords d'este trepidant rock-and-roll, Buddy comença a sentir una molesta coïssor a la part superior del front. Passats uns quants acords més, la molèstia arriba a ser tan desagradable que el xic ha de deixar la guitarra sobre el llit per gratar-se a dues mans.

La coïssor sembla haver remés després d'haver-se fregat amb les ungles com un boig. El xaval torna a agafar la guitarra i es posa de nou a la faena.

–*One, two. One, two, three, four*... –esta vegada la coïssor es manifesta des del principi del tema. Immediatament la seguix una cremor intensa. Buddy deixa caure aleshores la guitarra sobre el matalàs i, com si un exèrcit de puces se li haguera instal·lat al front del cap, se'l grata amb passió canina fins que la molèstia torna a desaparéixer.

–*One, two...* –ha sigut agafar la guitarra una altra vegada i reaparéixer a l'instant la coïssor i la cremor. A elles s'ha afegit ara un creixent mal de cap que martelleja les temples del xic com si fóra el batall d'una campana. Esta insuportable sensació obliga Buddy a llançar la guitarra sobre el llit, posar-se dret, i posar-se les mans a les orelles. A mesura que camina cap a l'espill del guarda-roba, el xic nota una ràpida millora. No precisament per haver-se posat dret i caminar. Com tampoc no ha millorat les vegades anteriors per gratar-se a dues mans primer, o amb passió canina després. «La coïssor, la cremor i el dolor», ara hi cau Buddy, «han desaparegut cadascuna de les vegades que he deixat la guitarra!».

Dret davant l'espill, el xic perseguix un pressentiment fet un flam, i rebusca amb els dits entre el seu serrell. «Ho sabia!» Sobre la pell blanquinosa del front continua impresa com a ferro la marca hexagonal d'este matí; la marca rogenca del colp de pilota del penal; una mena de cicatriu que per moments batega amb pols propi sota la línia del naixement dels cabells.

Com a gran expert potterià, Buddy sap un fum de coses sobre marques al front. No és cap secret, en qualsevol cas, que Harry Potter té una marca amb forma de llamp precisament al front des que, quan era un bebé, es va enfrontar per primera vegada amb el seu mortal enemic, Lord Voldemort. Cada vegada que este últim es troba a prop de Harry, la marca del seu front s'activa com una alarma i provoca en el jove mag un terrible malestar. «No em digues que és una d'estes maleïdes marques», es diu el nostre xic davant l'espill. Per acabar de confirmar el seu pressentiment, Buddy es gira de nou sobre el llit, agafa la guitarra pel mànec i aguanta la respiració.

–Com faré per presentar-me al càsting de *Somnis i Estrelles* dissabte que ve? –es pregunta a si mateix abans de deixar l'Stratocaster pel dolor insuportable.

6

Martina McFly
(Un secret de domini públic)

–No t'amoïnes, Baddy. No crec que este festeig ens dure molt –diu Martina amb desimboltura davant la cara d'angoixa del xaval–. Ja ho voràs –la xica camina fent tocs en l'aire sense que la pilota caiga a terra–. Últimament a ma mare no li duren gaire els nóvios.

«Això és el que jo voldria», pensa el xic. «Que este li durara una bona temporada.»

És la vesprada del diumenge següent. Buddy i son pare han quedat per fer un tomb amb les Tines. Així és com anomena el pare de Buddy al tàndem format per Martina, la número huit del City, i sa mare, Valentina. Sí, les Tines, un vulgar eufemisme inventat per son pare per tal d'amagar el pànic que li produïx tornar a quedar amb una dona rotllo cita. Perquè en realitat, els qui han quedat rotllo cita per a passejar per la platja de la Malva-rosa són la mare de Martina i el pare de Buddy.

El millor de tot és que els xics comprenen sense prejudicis que els seus pares divorciats queden amb altres dones o altres homes per intentar refer les seues respectives vides sentimentals. És més, pel que fa a Buddy, ho considera fins i tot indispensable. Després que se separara de sa mare, estos últims tres anys ha vist son pare tan malament, tan afonat, tan summament fet coca, que li sembla genial que torne a quedar amb una altra dona. Tot i que també sap que no té cap possibilitat d'enamorar ninguna de debò, mentre no es lleve, ni que siga un poquet, el futbol del cap. I és que després del divorci son pare s'ha refugiat tant en el maleït futbol que, precisament, el cap, sembla haver-se-li transformat en un baló. Idèntic camí al que també sembla conduir, si no canvia de rumb, la seua panxeta cervesera. El pitjor de tot, no obstant això, no és que tota esta afició malaltissa pel futbol acabe arrossegant el pare de Buddy a un carreró personal sense eixida, sinó que s'emporte darrere d'ell, com una àncora llançada cap al fons, les il·lusions i anhels d'un fill que només es calça les botes per evitar que s'afone més.

Amb tot açò, i en honor a la veritat, he de dir-vos que son pare i el futbol no han suposat sempre un problema tan aclaparador per a Buddy. És cert que afició pel futbol, el que se'n diu afició, el xaval mai no n'ha tinguda. Però clar..., com que tampoc no havia tingut afició per cap altra cosa en especial, la veritat és que formar part del Russafa City des dels nou anys no li havia costat un gran esforç fins ara. Un esforç mínim, per a ser francs. Sobretot si tenim en compte que el xic tot just havia jugat un partit oficial com a titular fins fa tres setmanes. Sempre hi ha hagut en estos últims anys, just és reconéixer-ho, un porter molt millor que ell.

Tanmateix, en estes últimes setmanes, les coses han eixit de mare pel que fa a son pare i el futbol. Buddy ha hagut de debutar forçosament com a porter titular i des d'aleshores la seua vida s'ha tornat insuportable. Son pare no el deixa tranquil. El turmenta amb consells futbolístics a tothora; li diu on, i com ha de col·locar-se al camp; el que ha de menjar; quant ha de dormir; li recorda com és d'important per al City guanyar la lliga al València; li penja pòsters motivadors a l'habitació; li regala guants de porter quinze talles grans, i per acabar d'adobar-ho, per si l'assetjament futboler no fóra prou dur ja, l'audició de *Somnis i Estrelles* és el mateix dia, i a la mateixa hora, en què es juga el partit més important en la història del club.

–Vinga, Baddy! Fes-me una paret! –Martina el torna a traure del seu silenci embadalit. La xica li passa la pilota arran de terra i tot seguit ix corrent pel passeig marítim com si no estiguera bé. Segons arriba la bola al seu peu dret, Buddy fa un xut potent però totalment descontrolat.– Quina pedrada, tu! –exclama Martina mentre el baló li fa la clenxa a un tipus que fa fúting; es cola com un obús per les parades de *hippies*; sobrevola l'ampit que separa el passeig de la platja, i destrossa la torre del castell d'arena que estan construint uns guiris rojos com gambes–. Ho sent, amics! –es disculpa la xica en replegar la pilota unes quantes passes dins l'arenal–. És que és porter! *Goalkeeper!* –agita les mans enlaire i assenyala Buddy amb la mirada, allí, a l'altra banda de l'ampit–. Porter de la vella escola! *Old school goalkeeper!* Amb els peus no li fa un gol ni a l'arc de Sant Martí! *With the toes, nothing of nothing!*

Els guiris deuen haver-se conformat amb les estranyes disculpes de Martina. Han somrigut i a continuació s'han posat a reconstruir el castell. La xica, per la seua banda, ha saltat l'ampit d'un bot amb la pilota a les mans. Ja de nou al passeig l'ha llançada a terra i ara regateja passejants i els *top mantes*. Llevat de son pare, és clar, Buddy no coneix ningú a qui li agrade el futbol més que a Martina.

Per a variar, la seua companya no vestix hui cap samarreta de la Premier League. Deu ser perquè és diumenge. Tot i que sí que porta una de les moltes que té dels McFly, el seu grup de música favorit. I parlant de música, Martina acaba d'esquivar un músic ambulant que, dret al costat d'un micro, toca una guitarra acústica mentre canta una cançó en anglés. *I'm yours* de Jason Mraz. En passar per davant, Buddy la reconeix tot d'una. Fa uns mesos va treballar amb Elvis la seua lletra optimista i la seua melodia reggae.

Com si s'escoltara el mateix flautista d'Hamelin, Buddy s'acosta encisat mentre el jove músic seguix interpretant el fantàstic tema. Al costat de l'*ampli* que hi ha sobre l'ampit, el nostre xic assaborix cada acord, cada vers, cada ona que trenca amb olor de sal, cada raig ataronjat de la posta de sol... Fins que de sobte una coïssor intensa li comença a corroir el front. Al cap d'uns segons, la molèstia s'ha fet tan insuportable que Buddy ha de fer-se arrere amb les mans a les temples. Producte d'este dolor, els seus moviments són tan maldestres que quasi s'entropessa amb la funda de la guitarra que, oberta a terra, recull les monedes que hi deixa la gent.

–Baddy! –torna Martina cap a ell amb la pilota als peus–. Ja t'he dit abans que no t'amoïnes per això –assenyala amb el cap els seus pares, els quals van a la seua prou metres per davant.

–No estic amoïnat per això –el front li fa menys mal com més s'aparten del músic.

–Aleshores? –s'atura Martina en sec trepitjant la pilota amb el peu dret–. Per què fas este *careto* d'angoixa?

–Per res –mentix Buddy mentre encistella el seu únic euro a la funda oberta de la guitarra–. No estic amoïnat per res –es gira per seguir les passes de la xica, i s'ajusta alhora les ulleres de pasta negra.

Al cap d'uns minuts, quan passen per la zona de les milotxes, el dolor del cap ha desaparegut per complet. Un drac d'ales enormes serpenteja entre els núvols que ara esguiten un cel enrogit.

–Agafa-la, Baddy! –Martina, que no pot estar-se quieta un segon, li llança la pilota al cos per a cridar la seua atenció. Sense temps per reaccionar, al xic se li escapa la pilota entre les mans i l'esfèrica acaba arrebossada de nou a l'arena. Afortunadament, sense danys esta vegada.– Quina cantada! Que tens oli a les mans?! –es riu la xica mentre Buddy pensa que son pare no ho haguera dit millor. Sort que es troba bastant més avant i no l'ha vist cometre una errada com esta.

–Em falten els guants –amb un gest humil de resignació, Buddy somriu mentre mostra les mans nues–. No sóc ningú sense els meus guants.

–Els guants del Dragón! –exclama Martina botant l'ampit a la recerca de la pilota–. Quina passada, oi? –a hores d'ara tots a l'equip saben que els guants de Buddy són els últims guants de Santi Cañizares, el Dragón. I no és, ni de bon tros, perquè el xaval haja fet bocades per tot arreu. Que per què ho saben aleshores tots? Només vos diré que el responsable de la filtració no es troba gaire lluny d'allí. Ara bé, el que no sap ningú, el que no sospita ningú, és la maledicció que estos guants contenen per a Buddy. Una maledicció que, paradoxalment, per a qualsevol altre seria una benedicció. Perquè per estrany que sone, la qüestió no és que els guants estiguen maleïts. No. La maledicció per a Buddy consistix a creure que estos guants estan beneïts. Beneïts per alguna cosa que fa que totes les ocasions de gol acaben rebutjades per ells o pel cos del porter que se'ls enfunda. Com si estos guants tingueren un imant que atraguera les pilotes en les ocasions impossibles de fallar. Com s'entén, si no, que ell mateix haja fet parades com aquelles a boca de canó, i haja aturat tants penals en els últims tres partits? Com s'entén, si no, que haja esdevingut l'heroi del seu equip, i que ara la seua participació dissabte que ve siga imprescindible per guanyar la lliga al València? És més. Per culpa d'esta maleïda benedicció, Buddy se sent doblement impostor. Amb els seus companys. I sobretot amb si mateix. Una sensació horrible que fa massa temps que es guarda i que necessita traure com siga del seu interior.

–Puc confiar-te un secret –el xic es mira les mans i s'imagina que porta els guants posats. Martina s'ha assegut sobre l'ampit, s'ha llevat les sabatilles i està fent fora l'arena que li ha entrat quan ha corregut a buscar la pilota.

–Quin secret? –pregunta la xica mentre es lliga els cordons de nou–. Que no t'agrada jugar de porter?

–Xst! –fa Buddy amb l'índex dret enganxat als llavis al mateix temps que comprova que son pare no estiga massa prop–. Però què dius? No, dona, no. No és això.

–Ah, entesos. Perdona. No saps com ho sent –respon Martina amb ironia com si haguera comés un error colossal–. És clar que no és això –replica–. No és que no t'agrade jugar de porter. El que no t'agrada en realitat és el futbol.

–Xst! –el xic s'ajusta contra el nas les ulleres de pasta negra i torna a girar el cap buscant la posició de son pare–. Per favor, deixa de dir bestieses, Marty.

Tothom al City diu Marty a Martina. Marty McFly, per a ser exactes. Que per què li diuen així? Doncs per un cúmul de moltes raons, supose. Futboleres, pel·liculeres, musicals..., però bàsicament li diuen Marty McFly per la mateixa raó per la qual Buddy l'admira tant. I no és que admire Martina perquè a esta xica li agrade el futbol per damunt de qualsevol altra cosa. No. No es tracta d'això. L'admira, simplement, perquè té el valor de fer allò que més li agrada. Encara que allò que més li agrada vaja contracorrent, contra allò que la gent dirà, contra la norma social que decidix que el blau és per a xiquets i el rosa per a xiquetes.

Martina juga a futbol des que va aprendre a caminar, però no ha començat a jugar en un equip federat fins esta temporada. Arribar a fitxar pel City no va ser senzill per a ella. No a tots els agradava, en un principi, la idea de tindre una xica en un equip compost només per xics fins aquell moment. Tanmateix, el dia que Martina va jugar el seu partidet de prova i va començar a córrer per la banda amb el baló controlat, els prejudicis d'aquells que dubtaven de si el City havia de fitxar-la o no, s'esborraren d'un colp de ploma a força de driblatges elèctrics i gols de totes les classes.

Des que va començar la temporada, el míster l'ha posada en l'equip titular i des d'aleshores no l'ha canviada mai. L'única cosa que li ha canviat, això sí, ha sigut el nom. Per tal de cridar-la des de la banqueta al mateix ritme endimoniat amb què conduïx la pilota, Martina (com Baddy Potter) resulta massa llarg per a l'entrenador. Així que per tal que a la seua jugadora li donara temps d'escoltar les seues indicacions, el míster va començar a dir-li Marti. Més curt, ràpid i directe. Allò de Marty va vindre poc després i va ser obra de Beni, *el Benes*, fisio de l'equip i gran cinèfil contrastat. «Quina anguila! No hi ha qui l'agafe! Esta Marti s'esmuny dels defenses com Marty McFly dels dolents de la pel·lícula!», va exclamar Beni el primer partit de lliga quan la xica va driblar, sencer, tot l'equip contrari. Òbviament el Marty McFly al qual es referia el Benes era el protagonista de *Back to the Future*, la trilogia cinematogràfica protagonitzada per Michael J. Fox en la qual el seu personatge, un xic que viatja pel temps, s'escapa dels seus enemics com Martina va escapar-se aquell dia de tots els seus contraris. Des d'aleshores la xica es va quedar amb allò de Marty i, no cal dir-ho, amb tot l'equip. Bé, amb tot l'equip no. Encara li faltava guanyar-se Woody, el porter titular indiscutible del City. I per guanyar-se Woody, *El Porter Boig*, la nostra amiga ha hagut de persistir-hi fins a ben entrada la temporada.

Era la primera setmana de maig d'este mateix any i el City jugava el seu partidet d'entrenament del dijous. Fent honor al seu nom, Marty va sobrepassar el seu marcador a la banda, va traçar una diagonal cap al centre de la defensa i va deixar arrere l'*stopper*, es va colar com una anguila entre els centrals i, quan estava a punt de driblar el porter, Woody, *el Porter Boig*, li va propinar un puntelló al turmell i la va fer rodar per la gespa sense poder acabar la jugada. Penal. I en un partit oficial, sens dubte també expulsió. Però com que es tractava d'un entrenament, i els equips tenien justos els seus efectius, Woody es va posar davall els pals a l'espera de l'execució de la pena màxima. La xica, tanmateix, encarregada titular de llançar els penals a l'equip, va haver de retirar-se recolzada en el Benes amb el turmell endolorit.

–Què passa, McFly?! –li va cridar el cafre de Woody des de la porteria quan va vore que Martina no anava a llançar el penal–. És que ets una gallina?!

Si no heu vist qualsevol de les tres pel·lis de *Back to the Future*, heu de saber des d'ara mateix que no hi ha res en la vida que mosquege més l'autèntic Marty McFly, que el fet que algú pose en dubte la seua valentia insinuant que és un gallina. Quan això succeïx, l'interior de McFly es transforma en una espècie d'Increïble Hulk, capaç d'arremetre contra tot enemic que se li pose al davant. Aquella vesprada, tanmateix, Martina McFly va haver de fer-se fort el cor i aguantar el xàfec des de la banda, mentre el seu turmell embolicat amb gel es posava com una tomaca.

Això del seu turmell va quedar-se per sort en una inflamació d'unes hores, i Martina no va tindre gaires problemes per jugar el partit del dissabte d'aquella setmana. Tampoc, per descomptat, el partidet del dijous següent. Aquell no se l'haguera perdut per res del món. A punt d'arribar a la fi del partidet, en una jugada marca de la casa, va sobrepassar el seu marcador a la banda, va traçar una diagonal cap al centre de la defensa i va deixar arrere l'*stopper*, es va colar com una anguila entre els centrals, i quan estava a punt de driblar el porter, en l'última mil·lèsima de segon va decidir fer-li un túnel a Woody i li va passar subtilment la pilota entre les cames. Esquivat així el porter, la jugadora va arribar amb el baló controlat fins a la porteria per a frenar-lo en sec a la mateixa línia de gol. Bufant com un bou davant d'aquella provocació, el Porter Boig es va refer amb rapidesa i es va llançar com un llamp cap a l'esfèrica amb els tacs per davant. Just en aquell moment, amb un toc magistral i abans de saltar per evitar aquella entrada assassina, Martina li va tornar a passar la pilota entre les cames i li va fer una sotana. Com si tinguera molls als genolls, Woody es va alçar tot d'una. Ara les seues posicions estaven canviades. El Porter Boig trepitjava la línia de gol i a mig metre d'ell Martina trepitjava el baló. Rabiós del tot, Woody va prendre la iniciativa i es va abalançar sobre l'atacant. La xica el va deixar vindre i en el mateix instant que el porter arribava a la seua altura, amb un toc subtil de l'empenya exterior va passar la pilota entre les cames del porter i li va fer un pont. Després va girar sobre si mateixa amb un revers rapidíssim cap a la dreta i, abans que Woody se n'haguera adonat, va entrar amb el baló controlat fins al fons de la xarxa.

–Ningú –va dir Marty McFly eixint a càmera lenta de la porteria–, ningú no em diu gallina –va acabar de sentenciar davant dels seus companys bocabadats i d'un Porter Boig agenollat.

Hi ha qui diu que després d'allò Woody i Martina isqueren unes quantes vegades rotllo cita. Allucinant, oi? Alguns diuen fins i tot que els dos estan enrotllats, però la veritat és que el tema no està gens clar. L'única cosa certa és que casualment, i és molta casualitat, poques setmanes després d'allò el bèstia de Woody les va suspendre totes i els seus pares el castigaren sense jugar fins que les haguera recuperades. Açò ha suposat, al capdavall, el final de la temporada per al porter titular indiscutible del City i, paradoxalment, el principi dels problemes del seu porter reserva.

–Dragón sense guants no caça balons! –crida Martina corrent pel passeig marítim darrere de la pilota. Una vegada més li l'ha llançada a Buddy per a traure'l del seu embadaliment. A ell, però, se li ha tornat a escapar de les mans.

–Tant es nota, Marty? –pregunta el xaval quan la xica torna a passar pel seu costat.

–El què? Que et falten els guants?

–No –mussita ben baixet mentre constata que son pare és prou lluny–. Que no m'agrada jugar de porter. Que no m'agrada el futbol, vaja.

–Només si t'hi fixes molt –mira Martina de ser tan considerada com li és possible.

–I tu des de quan ho saps açò?

–No fa gaire. Des que canviares d'ulleres, supose.

7
Little Buddy

Quan els seus pares es divorciaren fa tres anys, varen donar a Buddy la possibilitat de triar amb qui volia viure. O bé amb son pare a Russafa, districte de l'Eixample, a la ciutat de València; o bé amb sa mare a l'Upper East Side, districte de Manhattan, a la ciutat de Nova York.

«No hi ha color! A Manhattan de cap!», deveu estar pensant molts de vosaltres i potser amb raó. Però heu de tindre en compte, no obstant això, que aleshores Buddy a penes tenia nou anys i Nova York era per a ell poc més que l'escenari de *Sol a casa 2*. Llevat de ser el lloc on anava a passar sa mare els pròxims anys, què podia oferir-li Nova York que no li poguera oferir València? Sa mare li va parlar, durant dies i dies, sobre les infinites possibilitats que la ciutat dels gratacels oferia en tots els sentits a un xic com ell. Arguments i avantatges no li faltaven a aquella opció, per descomptat. I si Buddy haguera pres aquella decisió amb el cap, i no amb el cor, sense cap mena de dubte el xaval se n'haguera anat amb sa mare a viure el somni americà. Tanmateix, la imatge de son pare després del divorci, derrotat, afonat i fet coca com mai no l'havia vist abans, va fer que per a Buddy, com per a molts de vosaltres, tampoc no hi haguera color.

No és que el xic volguera més son pare que sa mare. En absolut es tractava d'això. Buddy adorava, i adora sa mare, però en aquell moment en què va haver de triar, va sentir que ateses les circumstàncies havia de quedar-se a València per ajudar son pare a eixir d'aquell forat. Evidentment el xaval no va donar esta raó per justificar la seua decisió. Si ho haguera fet, Buddy va pensar que sa mare s'haguera sentit com la dolenta de la pel·lícula, quan el ben cert és que no hi havia res més lluny de la realitat. A aquella separació matrimonial, els seus pares havien arribat de comú acord, i la dona estava patint per ella tant com el seu ex; sols que en lloc d'encarar el problema com un estruç, amagant el cap sota terra, sa mare estava bolcant tots els seus esforços en la il·lusió d'un nou treball i d'una nova vida.

«Si me'n vaig a Manhattan no podré seguir jugant al City», va ser la justificació que es va inventar finalment Buddy per tal de no ferir els sentiments de sa mare i quedar-se així a Russafa. En escoltar el veredicte, son pare va esclafir a plorar en un atac d'emoció, més futbolera que paternal, mentre sa mare es trencava per dintre al·lucinant en colors. En els seus nou anys de vida, el seu fill mai no havia demostrat cap interés per res en especial i menys encara pel futbol. A penes feia uns mesos que jugava al City i ni tan sols havia arribat a jugar un partit de titular. Ara que tenia la possibilitat d'anar-se'n amb ella i obrir els seus horitzons havia descobert la seua veritable afició? Tot i que a la mare de Buddy aquella justificació li va sonar a xinés, la dona va complir la seua promesa d'acatar la decisió del seu fill, i va acceptar la seua voluntat amb absoluta esportivitat. Va posar, això sí, dues condicions innegociables per acabar de tancar el tracte.

La primera condició era que Buddy passaria amb sa mare, a Nova York, les vacances d'estiu i Nadal. Per Setmana Santa ella viatjaria a València, i cada nit (hora espanyola) tindrien a més a més una cita ineludible per l'Skype.

La segona condició tenia a vore amb l'anglés. La mare de Buddy pensava que el xic, amb la seua decisió de quedar-se, anava a perdre's una ocasió única d'aprendre de debò la llengua anglesa, amb tot el desenvolupament d'habilitats mentals i pràctiques que allò comportava. Així que va determinar que si el seu fill es quedava al remat a València, hauria d'anar a un col·legi d'aquells on l'educació es fa íntegrament en anglés. Buddy es va negar en redó a la mínima possibilitat de canviar de col·le. I davant d'una reacció tan ferma del xaval, sa mare no va tindre més remei que reconsiderar esta segona condició i va oferir-li una altra manera de complir-la. Cada vesprada, en eixir del Balmes, és a dir, cinc dies a la setmana, el xic hauria d'anar a les classes particulars, molt particulars, d'Elvis O'Hara.

Elvis és, paradoxes de la vida, un novaiorqués d'origen irlandés establit molts anys a l'Eixample de València. Cantautor i guitarrista de vocació, durant el dia Elvis es guanya la vida com a professor nadiu d'anglés, mentre que a les nits es recorre els circuits de café teatre a l'espera que el seu talent siga descobert per alguna companyia de discos important. La mateixa mare de Buddy havia assistit durant molt de temps a les seues insòlites classes de gramàtica i conversa, i sabia *a priori* com podien resultar-li d'útils al seu fill els mètodes que, aquella mena de professor guillat, elabora a mida per a cada alumne en particular.

Després d'una primera entrevista amb el xic per tal d'avaluar les seues habilitats, Elvis va preparar-li un programa de xoc consistent a submergir-se en la llengua de Shakespeare mitjançant les cançons de The Beatles. I per a portar-ho a terme, Buddy va haver de procurar-se una guitarra espanyola i aprendre els acords bàsics que solien emprar els quatre fantàstics de Liverpool. Perquè el programa no es limitava a escoltar les cançons i repetir-les com un lloro. El xic havia de tocar-les, cantar-les, fer-ne versions, sentir-les... Ja durant els primers mesos de classe, a més de desintegrar-se les puntes dels dits, Buddy va descobrir que no només tenia una habilitat innata per a la guitarra, també tenia una gran oïda per a la música i de rebot per a l'anglés. Així va ser com les golfes d'Elvis es convertiren aviat en el refugi on millor s'ho passava; el local d'assaig on aprenia sense quasi adonar-se'n. I no sols anglés, precisament. Com que Elvis era novaiorqués i Buddy havia de viatjar dues vegades a l'any a Manhattan, el profe també va començar a transmetre-li una molt particular guia oral de la Big Apple; un compendi de sessions pràctiques sobre la vida de Nova York, que incloïa les més diverses matèries: història, gastronomia, llocs que no podia perdre's, llocs on no podia perdre's, com orientar-se entre carrers i avingudes, com moure's caminant o amb el metro, costums socials, maneres de comportar-se... En definitiva, un exhaustiu manual d'instruccions de New York City que, explicat de la forma com Elvis ho feia, més prompte sonava a una declaració d'amor a la seua llunyana ciutat; una cosa especial que la sensibilitat de Buddy va saber captar des del primer moment i que va provocar en ell un curiós efecte bumerang. I és que com més coses valuoses li ensenyava Elvis sobre Nova York i els novaiorquesos, més coses valuoses descobria Buddy sobre València i els valencians. És a dir, sobre la seua ciutat i sobre si mateix.

–Mami, sabies que a mitjan segle XIX tot açò era una zona rocosa repleta d'immensos pantans? –era el seu cinqué viatge a Nova York, faltaven pocs dies per al Nadal de l'any passat i aquell matí a Manhattan feia un fred que pelava. El baf gelat que es filtrava a través de la seua bufanda entelava els vidres redons de les seues ulleres Harry Potter, i Buddy havia d'anar netejant-los cada dos per tres. Fóra per la temperatura o perquè arribaven tard, el xic i sa mare travessaven a corre-cuita Central Park, un dels parcs urbans més grans i famosos del món–. Sabies que per a construir este parc foren necessàries més de deu milions de carretes de terra i quatre milions d'arbres i plantes?

–*Really?*

–*Absolutly.* S'hi va haver de drenar l'aigua de tot el terreny pantanós i després plantar tota la vegetació. Una cosa molt pareguda al Jardí del riu Túria de València. Només que allí a casa, en lloc de drenar l'aigua del riu, es va desviar el seu curs pels afores de la ciutat per tal d'evitar les terribles inundacions que es produïen a l'època de pluges. Com que després d'estes obres el vell llit del riu va quedar sec i buit, es va aprofitar l'espai per a fer-hi un gran parc. No em digues que no és curiosa la coincidència. A Nova York alçaren Central Park al llit d'un aiguamoll, i a València el Jardí del Túria en el llit d'un riu. Sabies que el parc del Jardí del Túria és el parc més gran d'Espanya, mami?

–Doncs no. La veritat és que no ho sabia. I no cal dir que em sembla molt interessant, Davi. Però digues-me una cosa, són imaginacions meues o intentes vendre'm un bitllet de tornada?

–És clar que no, mami –mentia Buddy davall la bufanda–. Només dic que encara que tot açò està molt guai –i va abastar amb els braços l'extensió nevada que els envoltava–, també al Jardí del Túria hi tenim llacs, prats, atraccions, camps d'esports, rierols, ponts, viaranys... Fins i tot el que més t'agrada a tu! Museus!

–És ben cert. Tenim tot això. Fins i tot coses millors que ací no tenen. Però què hi farem, Davi? Allí no tenim el Met –des del centre del prat glaçat per on caminaven amb prou faenes, la mare de Buddy va assenyalar cap al marge est de Central Park. Allà, enclavat al número 1000 de la Cinquena Avinguda s'endevinava, entre les branques pelades dels arbres, la façana del darrere del Metropolitan Museum of Art.

Aquell monumental edifici explicava per si mateix la marxa de sa mare a Nova York. Allí l'havien contractada com a conservadora i restauradora de pintura; el somni personal i professional de tota una vida fet realitat. Elvis ja li havia explicat a Buddy que el Met, com popularment se'l coneix, és un dels museus d'art més importants i un dels llocs més visitats de Manhattan. També que des del terrat d'este edifici hi ha una de les millors panoràmiques de tot Central Park. El que no li havia explicat era que a Nova York al futbol no li diuen *football*. Li diuen *soccer* i pràcticament només hi juguen les xiques. Ja li ho explicaria ben claret a Elvis quan tornara a València per ometre-li aquella informació. Ara bé, tampoc no l'havia informat sa mare que tots els fills dels seus companys de treball foren precisament xiquetes. Encara que sí que li havia dit, abans d'eixir de casa, que havien quedat amb ells en aquell prat del parc per a jugar a un joc molt divertit anomenat *soccer*.

–*Hi, girls! I bring you the best goalkeeper in the world!* –va cridar sa mare quan arribaren a una illeta de gespa verda perduda en mig d'aquell prat nevat. Un equip de futbol femení al complet els estava esperant per començar i, o bé les Harry Potter es burlaven d'ell, o totes aquelles xiques anaven vestides de Pare Noel, barret i barba inclosos.

«Si m'ho conten no m'ho crec! Creuar tot l'oceà Atlàntic amb avió per acabar jugant un partit de futbol a Central Park! De porter! I amb xiques! Xiques vestides de Pare Noel!» Açò, com vos podeu

imaginar, no estava en la seua llista de coses per fer a Nova York, però... haguera pogut negar-s'hi? Evidentment, no. Si tres anys arrere la seua presumpta passió pel futbol havia sigut tan determinant per quedar-se a València amb son pare, com anava a justificar el fet de no jugar un partit a Manhattan dient que no li abellia gaire. Sa mare haguera pogut confirmar que el seu fill passava olímpicament del futbol i imaginar quina fou la veritable raó per la qual Buddy va preferir Russafa. El xic, per descomptat, sabia que allò no podia ocórrer de cap manera. Així que va fer una vegada més el cor fort i es va col·locar sota pals.

Afortunadament, el partit va durar ben poc per a Buddy. En la primera jugada d'atac, una extramotivada Pare Noel li va trencar les Harry Potter d'una potentíssima castanya. Amb el fred glacial que hi feia, fou tanmateix el seu nas el que es va endur la pitjor part. El baló, tot s'ha de dir-ho, no va arribar a traspassar mai la línia de gol, i acomiadat entre aplaudiments, el xic va haver d'abandonar el camp amb una hemorràgia nasal digna d'una pel·li de terror.

–Sempre jugues amb ulleres? –va preguntar-li sa mare quan eixien de Central Park, a l'altura del Met, i s'incorporaven a la bullícia de trànsit i gent de la Cinquena Avinguda.

–Només quan vull impressionar –va respondre Buddy cobrint-se el nas amb un mocador ensangonat. En realitat s'havia oblidat de llevar-se-les, les ulleres, per la manca de costum. La manca de costum de jugar de titular, evidentment.

–I com és que no t'has portat unes ulleres de reserva?

–Me les vaig oblidar al pis dels iaios quan em vaig fer la maleta.

–Bé. No passa res. Anem primer a casa a curar-te una mica això. Després anirem a un lloc que conec on crec que podrem solucionar això de les teues ulleres.

La mare de Buddy viu al 186 del carrer 93E, en un barri de Manhattan situat a l'est de Central Park anomenat Upper East Side. En este número s'alça una casa de rajola vermella on té llogat un minúscul estudi amb tres companyes de treball. Allò pareix, i no és un dir, la cabina dels Germans Marx, però tal com estan els lloguers per esta zona, tantes estretors sembla que paguen la pena segons sa mare. A més a més, la casa es troba a menys de tretze illes del Met. A penes un passeig caminant tractant-se de Nova York.

Molt més curt, tanmateix, fou el passeig que feren els dos quan el nas del xic va haver quedat reparat. A deu minuts de casa, a l'encreuament de l'avinguda de Madison amb el carrer 93, es troba un vell establiment anomenat Corner Optics.

–Estas Harry Potter no las repara ni un enchantment de Hermione Granger, my friend –va dir Bernie,

el dependent porto-riqueny de l'òptica, dirigint-se a Buddy i a sa mare amb el seu millor *spanglish*–. *But si ustedes queréis, os puedo mostrar unas cuantas gafas bien buenitas que tenemos rebajadas por Christmas sales.*

El xic va estar emprovant-se tot seguit un fum de models diferents. Però fóra pel mal que encara li feia el nas, o bé perquè cap d'aquelles ulleres era suficientment Harry Potter, Buddy no es va decidir per cap d'elles.

–*No problem, my friend. Me regreso immediately* –el dependent va anar-se'n a la rebotiga a la recerca de més models i Buddy, mentre sa mare tafanejava entre els aparadors d'ulleres de sol, es va acostar a la paret de la seua dreta on una espècie de mural li havia cridat l'atenció des que havia entrat a l'establiment. Es tractava, en realitat, d'un reclam publicitari en forma de xicotet museu; una exposició de fotos i pòsters en blanc i negre encapçalada per un rètol que venia a dir alguna cosa així com «Davant d'un gran home, sempre hi ha unes grans ulleres». Allí apareixien grans personalitats de tots els temps i matèries: presidents, actors, esportistes, músics, homes de negoci, científics, artistes, escriptors... Tots ells tenien una cosa en comú: portaven ulleres. I cadascuna de les ulleres, justament, es trobava exposada sobre un xicotet prestatge de vidre, situat al peu de la imatge de cada personatge, amb el seu nom i amb l'any en què es va fer la foto.

De les més de quinze imatges que hi havia exposades, Buddy es va sentir especialment atret per una en especial. I quan s'hi va acostar una mica més per tal d'observar-la amb més deteniment a través de les seues ulleres trencades, de colp una força estranya, com la d'una superaspiradora, va tirar d'ell cap al mural fins a col·locar-li els ulls a un pam del pòster en qüestió.

Era un pòster original de 1958. Hi havia, dret, un elegant jove de vint-i-pocs anys. Abillat amb vestit de jaqueta i corbata, i al costat d'un micròfon, somreia al front mentre tocava amb distinció la guitarra elèctrica que portava penjada. Tenia el cabell negre, el duia curt dels costats i un serrell giragonsat li coronava el cap. Allò que més destacava de la seua imatge, amb molta diferència, eren les ulleres de pasta negra que emmarcaven la ingenuïtat de la seua mirada. Les mateixes ulleres de pasta negra que, al peu del pòster, hi havia exposades sobre el xicotet prestatge de vidre.

–*¿Te gustaría probártelas, my friend?* –va xiuxiuejar Bernie a la seua esquena com si li oferira la poma prohibida del paradís.

–*Absolutely* –li va eixir al xic de l'ànima.

El dependent va deixar les caixes que portava sobre un aparador i li va allargar les ulleres de pasta negra. El xaval les va agafar amb summa cura i, a partir d'aleshores, no sabria dir si fou el xic qui se les va emprovar, o si foren les mateixes ulleres les que s'emprovaren el xic. La qüestió és que alguna cosa inexplicable va succeir tot seguit, perquè xic i ulleres varen quedar fosos, tots dos en un, quan la muntura de les lents es va aposentar sobre el malmés nas del xaval.

–*Oh, my god! You're Buddy!* –va exclamar Bernie en vore el reflex del xic a l'espill provador–. *Si no fuera porque está muerto, juraría que eres el mismísimo Buddy, my friend. Oh, yeah! A little Buddy!*

–Baddy? –es va capgirar el xic cap al dependent. Almenys això, Baddy, era el que havia sentit el xaval. Com dimonis podia saber aquell home que tothom a Russafa li deia Baddy si sa mare li l'havia presentat com a Davi?

–*Oh, yes. Dije Buddy, my friend* –va explicar-li Bernie, i el xic va comprendre tot d'un plegat que Baddy i Buddy es pronunciaven igual–. Buddy –va repetir el portoriqueny–. *Buddy de Buddy Holly, of course; la gran estrella del rock-and-roll años cincuenta. Por cierto, ¿cómo se ve con sus gafas?*

–*Very clear, my friend* –va respondre el xic girant-se de nou sobre l'espill–. Es veu tot *very clear*.

8
L'Eixample Blues

–Stop! Stop! Please! What's the matter with you, my friend? Oh, Boy! is an electrifying and funny rock and roll song! Not a slow and sad blues! –per enèsima vegada Elvis O'Hara demana al seu alumne que pare i torne a començar. La vesprada d'este últim dilluns de juny se li està entravessant a Buddy. Per més que mira de posar tota la seua energia en l'electritzant i divertit rock-and-roll que treballen a classe les darreres setmanes, tot el que hui li ix de dintre és un trist i apagat blues. Després del passeig per la platja d'ahir amb les Tines, el xic no ha trobat encara cap solució al seu problema gegantí i dissabte, com un negre nuvolot de malson, ja trau el nas per l'horitzó i amenaça de caure-li al damunt.

–No puc, Elvis. Ho sent, però no puc –el xic es despenja la guitarra per posar-se la mà al cap. Davall el seu serrell negre i giragonsat la marca hexagonal bull al seu front.

–*In English, please. In English* –Elvis sempre demana als seus alumnes que quan siguen a les seues golfes, parlen del que parlen, ho facen en anglés. Per molt estrambòtiques i diferents que siguen les seues classes, no per això deixen de ser classes d'anglés.

–Es tracta d'un problema gegantí, Elvis –Buddy ha deixat la vella Fender Stratocaster a la seua funda i amb la punta dels dits recorre el contorn de la marca del seu front. En tancar la tapa de la funda i cloure els passadors, la cremor de la pell li sembla que va remetent a poc a poc.

–OK. T'escolte amb totes *les meues ovelles* –Elvis fa una excepció i trau a relluir el seu millor valencià. Quan comprova que Buddy no riu amb un dels seus freqüents acudits lingüístics, comprén que el problema gegantí a què es referix el xic deu ser un problema gegantí de campionat.

–No crec que dissabte que ve puga tocar *Oh, Boy!* –escup Buddy a la fi.

–*Oh, come on, man!* No ho fas tan malament! Potser no seràs encara Fito el dels Fitipaldis però tot arribarà. A més, qualsevol té un mal dia. Segur que demà tornes a recuperar el teu *special* toc.

–No. No ho has entés, Elvis. Vull dir que no crec

que dissabte que ve puga presentar-me a l'audició de *Somnis i Estrelles*.

–*Why not?* –Elvis fa cara d'enorme sorpresa–. *Why not, Buddy?*

Des que el xic va regressar del seu últim viatge a Nova York el darrer Nadal, ara fa ja quasi sis mesos, Elvis va deixar de dir-li Deivid de sobte. A penes vore'l aparéixer per la porta de les seues golfes, el professor va saber tot seguit que la Big Apple, esta vegada, havia obrat un canvi total i absolut en la vida del seu alumne. Sí, era el mateix xaval, tenia la mateixa manera de caminar, vestia la mateixa roba i seguia jugant al *soccer*. Però la vella Fender que portava penjada del coll, i les ulleres de pasta negra que ara emmarcaven la ingenuïtat de la seua mirada, no oferien cap dubte als ulls experts d'Elvis. Buddy Holly s'havia ficat a l'ànima del xic per il·luminar-la.

–*Hello, Buddy!* –va exclamar Elvis de manera espontània quan el xaval el va saludar a la tornada de vacances aquella primera vesprada. El xic de les velles ulleres potterianes de filferro, al que quasi tothom deia *Baddy*, havia fet una passa més en la recerca del seu propi jo. D'una manera callada, sense paraules, només amb la seua nova presència, l'alumne acabava de fer-li saber al seu mestre quin era el seu nou nom. Una confidència muda que Elvis, des d'aleshores, compartix en secret amb el xaval. Ningú més, llevat d'ell, sap que Nova York es va quedar la *a* a canvi de la *u*.

Després de la visita a la Corner Optics de l'avinguda de Madison, el gèlid matí que una Pare Noel li va trencar les seues Harry Potter a Central Park, el nostre xic va passar la resta del dia mirant-se a l'espill a l'habitació de sa mare a l'Upper East Side. Era com si acabara de descobrir-se de colp a través de les noves ulleres de pasta negra, i ara haguera de memoritzar cada mil·límetre d'aquell nou rostre.

–*Son unas glasses very special, my friend* –va avisar-lo Bernie quan estava empaquetant-li-les–. *Las auténticas Buddy Holly. Nada que ver con las que llevabas antes. Mi consejo es que no te las pongas de golpe. Ve acostumbrándote a ellas poquito a poco.* OK*?*

–OK, *Bernie* –va respondre el xic arrabassant-li-les de les mans–. *No hace falta que me las envuelvas. Me las llevo puestas.*

Aquelles ulleres s'havien apoderat de la seua voluntat des del mateix moment que Bernie li les havia deixades emprovar, i ara, una vegada pagades i fetes seues, el xaval no podia deixar d'observar-se a través de la seua muntura i els seus vidres. «Acostumar-se a elles a poc a poc? Això podríem fer!» Una vegada fora de la tenda, el xic se les va beure d'un sol glop i ja no se les va poder llevar ni per a dormir.

L'endemà el xaval es va despertar amb la certesa íntima que tot, començant pel seu nom, havia canviat de la nit al dia. Sí. Ara veia clar que cadascuna de les mutacions que el seu nom havia patit al llarg dels seus dotze anys, no havien sigut meres casualitats ni esdeveniments capritxosos. Davi, Vadi, Badi i Baddy eren, en realitat, esglaons previs i necessaris que el destí havia col·locat davant d'ell perquè hui poguera convertir-se en Buddy. En Buddy Holly. Per primera vegada, d'una manera resolta i decidida, el xic va sentir que tenia clar a què volia dedicar-se. Volia fer el que fóra que Buddy Holly haguera fet a la seua vida. Tot i que no hi caiguera, fins a uns quants minuts després d'haver-se desdejunat, que no tenia ni la més xicoteta idea de qui havia sigut Buddy Holly. Així que la resta de dies que li quedaven per passar a Nova York aquell Nadal, el xaval els va dedicar a conéixer l'estrella del rock-and-roll que a partir d'aleshores hauria de guiar les seues passes. O el que venia a ser el mateix; va dedicar els dies que li quedaven a conéixer-se a si mateix.

Al mateix temps que escoltava per primera vegada les seues cançons en els CD i vinils que el mateix Bernie li va prestar, el xic va llegir tot allò que li va caure a les mans sobre la curta però intensa vida de Buddy Holly. Els seus inicis a Lubbok, el seu poble natal a Texas on va nàixer el 1936; les seues primeres gravacions; la creació de The Crickets, la seua banda; els seus èxits, les seues decepcions; la separació del seu grup i la seua marxa a Nova York a la recerca d'una carrera en solitari; com va conéixer la seua xica a la Big Apple; com va morir en un accident d'avioneta el

3 de febrer de 1959 quan es trobava immers en plena gira hivernal; la influència decisiva de la seua obra en les grans bandes que vindrien després, i la inclusió del seu nom, per part de tots els crítics i historiadors musicals, com un dels inventors del rock-and-roll.

Pura, primària, directa, elèctrica, sensible, emocionant..., la música de Buddy Holly i les seues lletres, tan bon punt romàntiques com divertides, captivaren el xic des de la seua primera nota, des del seu primer vers. Cançons com ara *Peggy Sue*, *That'll be the day*, *Not fade away*, *Maybe Baby*, o la mateixa *Oh, Boy!* despertaren en el xaval l'artista que portava dins, i li varen descobrir, alhora, la finalitat última per la qual havien sigut creades les seues orelles, els seus dits, la seua veu i fins i tot els seus mateixos peus. «Com era possible que haguera pogut viure dotze anys sense conéixer cap d'aquells grans temes?»

Meravellada per la passió desmesurada que el gran Buddy Holly acabava de provocar en el seu fill, la mare del xic va recórrer amb ell els barris més bohemis i artístics de Manhattan, com ara el Soho o el Greenwich Village, a la recerca de qualsevol mínim rastre d'essència buddyholliana amb la qual el xaval seguira alimentant el seu nou esperit quan tornara a Russafa. En una vella tenda de discos, precisament del Soho, anomenada Vini Vinili, aconseguiren a preu de ganga la discografia completa de Holly, incloses gravacions inèdites d'estudi, directes de televisió i fins i tot converses telefòniques del mite. Així mateix, i guiats per Bernie, mare i fill posaren de cap per avall un munt de locals de venda d'instruments usats fins que un dia, després de concertar una cita en una web de segona mà, quedaren amb un tipus del Greenwich Village que venia una Fender Stratocaster de 1958 color caoba i mel. «El model original de la guitarra elèctrica amb la qual cantava Buddy Holly!» El preu que el seu propietari demanava per ella era prohibitiu per a la butxaca de la mare del xaval. Però, coses del Greenwich Village, quan el venedor va advertir la passió desbocada que per aquella Fender traspuava aquell xic d'ulleres de pasta negra, no va dubtar a rebaixar tot el que pogué la quantitat inicial, convençut que aquella guitarra havia de ser a les seues mans. Alguna cosa pareguda al que degué sentir l'amo de la Corner Optics quan, la nit abans de la marxa del xaval, va aparéixer per l'estudi de sa mare per regalar-li el pòster que ho havia desencadenat tot. «Davant d'un gran home, sempre hi ha unes grans ulleres.» Ho recordeu?

Una vegada regressat a València, la primera cosa que va fer el xic va ser demanar a Elvis que li ensenyara a tocar tot allò que sabera de Buddy Holly. I va resultar que tot allò que Elvis sabia tocar de Buddy Holly era molt. La gran estrella texana del rock-and-roll havia sigut per al novaiorqués de l'Eixample una de les seues grans referències musicals, i pràcticament havia aprés a tocar la guitarra mitjançant les seues cançons. També per als mateixos The Beatles, salvant les distàncies, Buddy Holly havia sigut una influència decisiva. I com que el nostre xic ja dominava els clàssics més importants de la banda de Liverpool, potser per això li va resultar tan fàcil rastrejar el que hi havia, de Holly, als Beatles. D'esta manera, i en molt poquet de temps, va aprendre a tocar i a cantar a l'estil de la gran estrella nord-americana.

Així les coses, durant els últims cinc mesos, Elvis i el seu avantatjat alumne han treballat a classe la major part dels èxits de Buddy Holly amb gran satisfacció per als dos. Entre els exàmens del col·le, els entrenaments i els partits del dissabte, han sigut uns mesos plens d'esforços. Ara bé, sense cap mena de dubte, este treball dur ha valgut la pena. El xic mai no s'ha sentit tan a prop de trobar-se a si mateix i ha construït, a més a més, una complicitat molt especial amb el seu profe particular. Precisament la guinda a este pastís de bon rotllo la va posar Elvis fa ara una setmana, quan el divendres anterior al partit contra l'Sporting Benicalap va acabar la classe del dia amb una gran notícia.

La fortuna havia volgut que *Somnis i Estrelles*, el programa de caçatalents musicals més important de la televisió, es desplaçara fins a València per a realitzar el càsting de la seua pròxima temporada. La seua única i improrrogable audició tindria lloc a la sala de concerts Martí. Seria concretament al cap de dos dissabtes, a partir de les onze del matí i amb una llista tancada d'aspirants. Amb un somriure d'orella a orella, Elvis sostenia entre els seus dits dues inscripcions oficials per al gran esdeveniment. Una per a ell. I una altra per al seu alumne favorit.

Buddy va sentir, des del primer moment, que no hi havia res més al món que volguera fer que presentar-se a aquell càsting i cantar *Oh, Boy!* Però al seu cap, tanmateix, també s'havia activat alhora un pensament automàtic que va omplir el xic de contrarietat i inquietud. Si el City guanyava l'endemà el Benicalap i el València CF feia el mateix amb l'Athletic Olivereta, en dos dissabtes, a les onze del matí, el seu equip s'enfrontaria al partit més important de la seua història; una final on aquell que guanyara s'enduria la lliga més competida de tots els temps.

A vore... –ja ha passat un dels dos dissabtes, és dilluns, tornem a ser a les golfes d'Elvis i la situació és tan greu que el professor particular de Buddy seguix parlant en valencià perquè el seu alumne diu que..., que..., «que no creu que puga presentar-se a l'audició?»– A vore –repetix Elvis mentre mira d'aclarir-se les idees–, deu ser perquè encara he d'estar recuperant-me del *weekend*, però, sincerament, no veig on és el problema, Buddy.

–L'últim partit de lliga contra el València és este dissabte, Elvis. A les onze del matí.

–*And?*

–Elvis! El mateix dia i a la mateixa hora que l'audició!

–And?

–Doncs que no puc estar en dos llocs alhora! No puc deixar l'equip sense porter. No n'hi ha un altre. I no només això, per culpa dels guants del Dragón, ara tots els meus companys confien en mi com si fóra un superheroi. I a més a més està mon pare. Feia molt de temps que no el veia tan bé. I tot des que jugue de titular. No puc fallar-li, Elvis. Precisament ara, no. El City ho significa tot per a ell. Encara que, bé..., d'altra banda..., també està ma mare, és clar. Des de divendres està com boja per això de l'audició. Li ho vaig dir per l'Skype i m'ha enviat un vestit de jaqueta i una corbata per al dia de l'actuació. Si ara li dic que no vaig per un maleït partit de futbol, entre ella i mon pare pot armar-se la mundial. No sé què fer, Elvis. Què faig?

El professor novaiorqués ha escoltat amb molta atenció el xic i es posa dret per acompanyar-lo cap a la porta.

–Pel que jo veig no es tracta de triar entre ton pare o ta mare. Això em sembla una excusa prou covarda per la teua banda. Del que es tracta, en realitat, és de triar per tu. I si tot és com tu dius, el ben cert és que no hi ha cap problema.

–Que no hi ha cap problema? –pregunta Buddy desconcertat–. Per què dius això?

–Perquè pel contingut de les teues paraules em sembla que ja has triat, *my friend.* Així que supose que ja no necessitaràs portar açò signat –i el xaval agafa un paper de les mans d'Elvis. És un formulari que l'organització de *Somnis i Estrelles* exigix portar omplit als menors d'edat. Un dels pares o tutors ha d'autoritzar, expressament amb la seua signatura, la participació en el càsting del seu fill o *pupil.*

Buddy abandona les golfes d'Elvis i ix al carrer pel portal del número 32 de Reina na Germana. Des d'allí es disposa a travessar tot l'Eixample. El dimarts, el dimecres i el dijous, dies d'entrenament, Martina sol esperar-lo enfront per anar-se'n junts al camp de l'Exposició. Hui, tanmateix, és dilluns. I com si arrossegara un carret de supermercat carregat fins a dalt de dubtes i *blues*, el xic camina tot sol cap a l'avinguda de l'Antic Regne en direcció a casa. Amb la mirada clavada a les llambordes de la vorera, encara ressonen al seu cap les paraules gelades que Elvis li ha deixat caure quan eixia per la porta. «Hi ha gent que mai no arriba a saber el que vol fer en esta vida. *But don't worry, my friend. Who knows*? Potser quan tornes a nàixer tingues la increïble sort de saber què és el que més t'agrada i pugues llançar-t'hi de cap.»

–Com ha anat el dia, Davi? –el xaval acaba d'arribar a casa i està deixant la funda de la guitarra sobre el sofà. Just quan es disposa a contestar la pregunta de son pare, la selecció espanyola de futbol marca un gol intranscendent en un partit de preparació per a la Copa Confederacions.– Goool! Goool! –l'home assenyala la tele com si hi estigueren retransmetent en directe la mateixa fi del món–. Has vist quin golàs, Davi? Ah, per cert! –canvia tot seguit de tema i es dirigix cap a un munt de caixes apilades que hi ha davant de la paret del fons–, mira quina meravella! Ja han arribat els uniformes per al partit de dissabte! Què? Què et pareixen?

Son pare ha pensat que el gran xoc contra el València pot ser un formidable aparador per a rellançar Badia Sports. Així que ha encarregat un uniforme commemoratiu del City, dissenyat amb el logo de la tenda i tot, amb la idea d'estrenar-lo amb bombo i platerets el mateix dia del partit. Posseït per una il·lusió desbordant, quasi com un xiquet en la nit de Reis, l'home mostra orgullós al xaval les noves samarretes, els pantalons, les calces... I es guarda per al final, amb premeditat suspens, la seua peça favorita. Una peça de roba esportiva, diferent de tota la resta, que entrega a continuació al seu fill amb una indescriptible cara de satisfacció.

–És genial, papà –encerta a dir Buddy quan pren de les seues mans un flamant jersei de porter. Dues paraules retolades en blanc i negre, coronant el número tretze que numera l'esquena, destaquen

WHO KNOWS
?

relluents sobre la tela groga: BADDY BADIA.– De veritat –mentix el xic–, és genial, papà. Genial.

–Me n'alegre, que t'agrade tant. No saps com em va costar de triar –l'home està tan emocionat que un poc més i se li escapa una llagrimeta. Així que per no semblar gaire melodramàtic, canvia ràpidament de to, dibuixa un gran somriure a la cara i s'abalança sobre el xaval per a traure-li la samarreta que ara mateix duu posada–. Vinga! –exclama divertit–. No et quedes parat, home! Emprova't el jersei, no?! Vinga! A vore com et queda!

Mentre Buddy diu que ja es trau la samarreta ell solet, entre riures de mentida i riures de veritat, fill i pare forcegen aparatosament uns segons. Producte d'este estira-i- amolla entre els dos, cau a terra el jersei de porter i tot junt un paper. Un full doblegat en dos que el xic duia a les mans quan ha arribat a casa.

–Ja el recull jo –s'ajup el xaval abans que ho faça son pare.

–I este paper?

–Quin paper? –Buddy fa l'orni mentre s'incorpora–. Ah! Este paper? –dissimula mentre va doblegant en quatre el full que ha arreplegat junt amb el jersei–. No res. Propaganda que hi havia a la bústia –i es guarda a la butxaca, tot seguit, l'autorització en blanc de la qual pretenia parlar-li a son pare fa només uns minuts.

9
Qüestió de gustos
(Un secret de domini públic II)

Dimarts a la vesprada, en eixir d'anglés, Martina està esperant-lo al portal del número 32 de Reina na Germana. Com sempre que recull Buddy per anar-se'n junts a entrenar-se, els dos vénen canviats ja de casa. Martina porta una samarreta roja del Liverpool, pantalons blancs del United i unes botes grogues multitacs. El xic ha espremut el temps fins a l'últim segon per assajar *Oh, Boy!*, i s'ha canviat a corre-cuita a les golfes d'Elvis. Vestix l'equipatge oficial de porter del València CF que son pare li va regalar pel seu últim aniversari; una indumentària molt molona si no fóra perquè se li han oblidat les botes i calça les seues Converse All Star, negres i desgastades. Els dos s'han creuat al muscle les bossotes d'esport, i el xaval, a més a més, carrega la funda negra de la seua guitarra i la marca hexagonal del front encesa com una brasa. Quan arribe a casa, després de l'entrenament, vol seguir practicant el tema de Buddy Holly; tot i que no sap encara si es presentarà o no a l'audició.

–Com va amb Elvis? –pregunta Martina per pura formalitat quan Buddy arriba al seu costat.

–*Very good* –es mentix el xaval a si mateix.

El seu profe particular no ha dit ni mèu sobre la conversa que tingueren ahir, i el xic no sap ben bé què haguera sigut pitjor, que el seu mentor li haguera insistit perquè es presente a l'audició o que ni tan sols li haja preguntat sobre això com ha passat realment a la classe de hui. Hi han fet un dictat, exercicis de gramàtica i durant l'última hora han practicat la lletra i la música d'*Oh, Boy!* Com si la vesprada d'ahir mai no haguera tingut lloc. Buddy, això sí, ha trobat un cert rastre de decepció en la mirada d'Elvis quan el professor, a penes vore el seu alumne entrar-hi, ha comprovat que no portava l'autorització paterna a la mà.

Els dos companys ixen de Reina na Germana i baixen a l'antic llit del riu pel Palau de la Música. Des d'allí, el camp de futbol de l'Exposició és a un passeig de quatre ponts de distància: el d'Aragó, el de la Mar, el de les Flors i el de Calatrava. De camí van travessant sendes, arboredes, xicotets prats, estanys i parterres. Sí... Caminar pel Jardí del Túria sempre li porta a Buddy el record de Central Park. Els passejos interminables amb sa mare; la festa de colors i de sons naturals més enllà del maremàgnum de l'asfalt i dels cotxes... Hui, tanmateix, l'evocació d'estos moments no és motiu suficient per alçar-li l'ànim. Com si fóra la bola encadenada d'un pres, el xic arrossega la seua ombra amb el cap cot, i li fa voltes i més voltes al seu problema gegantí.

Que diferent la jovial imatge de la seua companya! A penes han baixat a l'antic llit, Martina ha tret un baló de reglament i camina fent tocs sense que la pilota toque terra. En este moment, la seua cara és el reflex de la felicitat. No pot estar passant-ho millor. Una vegada ha fet un toc, l'única cosa que la preocupa, l'única cosa en què pensa, és fer bé el següent. Un a un, pas a pas. Llevat que la pilota no caiga a terra, res més no importa. Res més no existix.

Buddy se la mira des del seu costat amb profunda admiració. Quasi amb enveja. «Com s'ho fa Martina per passar de tot i fer sempre el que li dóna la gana?» Potser, pensa el xaval, si reunira prou valor per explicar-li el seu problema, una xica com ella seria capaç de donar-li la solució. Creuant el vell pont d'Aragó per un dels sis ulls que el travessen, Buddy es frena en sec i es planta sota l'arc de pedra.

–Puc contar-te un secret, Marty? –un eco com de gruta torna per triplicat la veu indecisa del xaval.

–Quin secret? –repreguntem Martina i el seu eco respectiu sense deixar de fer tocs al baló–. Que t'agrade? –Buddy es queda tan petrificat com el pont que s'alça sobre els seus caps–. Les xiques podem fer més de dues coses alhora, saps? –la pilota seguix sense caure a terra mentre ella parla–. Des que hem baixat al riu m'he fixat en com em mires.

Avergonyit, Buddy es recol·loca les ulleres de pasta negra. S'ha posat tot roig i a penes recorda què volia preguntar-li a Martina fa només un segon. «Serà certa la ximplesa que li acaba d'amollar Marty? Serà cert que m'agrada?»

Podria dir-se que la majoria de coses que Buddy sap sobre les xiques les ha apreses mitjançant les cançons de The Beatles i de Holly. Podria cantar ara mateix un munt de magnífics temes sobre xiques a les quals demanar eixir, xiques amb les quals tallar, xiques a les quals suplicar, xiques a les quals millor oblidar, xiques a les quals besar davall la llum de la lluna... Però realment Buddy podria dir si sap o no si Martina li agrada d'esta manera? A manera de... «Puc contar-te un secret? M'agrades».

Supose que Buddy encara no té gaire definit el tipus de xica que podria agradar-li d'esta manera. El que sent per Martina, per descomptat, és una altra cosa. Millor dit, el que sent per Marty; la Marty McFly del Russafa City; la número 8 capaç de fer el que calga sempre que puga pegar puntellons a un baló de reglament.

Admiració. Sí. Definitivament este és el sentiment que desperta la seua companya en ell. La mateixa admiració que se sent pels herois que ens servixen de guia. Els herois de debò. Els que no saben que ho són.

–Que t'has empassat la llengua? –camí d'un nou rècord mundial de tocs ininterromputs de baló, Martina torna a la càrrega–. Què? Veritat que t'agrade?

–Una senyoreta no hauria de preguntar estes coses –mira d'escapolir-se el xic i es posa de nou en marxa.

–Una senyoreta? –protesta la xica per l'evasiva del xaval i de colp trepitja la pilota sobre les llambordes–. Mira'm bé, Baddy –diu en un to ben imperatiu, amb els braços fent nanses i el peu esquerre damunt del baló–. Faig pinta de senyoreta?

El xic deté el pas i es gira per fer-li un colp d'ull a la seua amiga. «Samarreta del Liverpool, pantalons del United, botes multitacs...»

–No –resol Buddy–. La veritat és que no.

–Ah, no? –s'indigna Martina–. I aleshores de què faig pinta?

–Bé, doncs... –dubta el xic–, ara mateix de futbolista.

–Ho sabia! I segons tu, és clar, una senyoreta no pot ser futbolista.

–Escolta, tu, no m'emboliques. Jo no he dit això. Ets tu la que ha dit que no fa pinta de senyoreta.

–No ho he dit. T'ho he preguntat.

–Bé. Però m'ho has insinuat.

–Que jo m'he insinuat? –es fa Martina l'ofesa–. Però si has sigut tu qui ha començat per preguntar-me si podies contar-me el secret.

–Sí. D'acord –reconeix el xaval–. Però no era este secret.

–Ah! Molt bé! –exclama la xica–. Ara no era este el secret. I aleshores quin era el secret?

–Deixa-ho córrer, Marty –es rendix Buddy–. Canviem de tema, per favor –torna a girar-se i es posa de nou en marxa.

–Així que canviem de tema, no? –Martina se sent menyspreada i tot seguit arremet amb ironia a esquena del xic:– No, si al final serà cert això que diuen dels porters.

Marejat com una baldufa, Buddy es para i es torna a girar.

–I què és el que diuen dels porters? –no hi ha enuig en la veu del xaval. Només cansament i curiositat a parts iguals.

–Que què diuen? Doncs que tots esteu bojos.

Tampoc no hi ha mala intenció a l'ànim de Martina. Que tots els porters estan bojos és una típica dita futbolera que ve a explicar, en poques paraules, la peculiaritat que caracteritza este jugador en qualsevol equip. I és que el porter és, sens dubte, un jugador diferent de la resta. No només perquè vestisca un equipatge diferent, siga l'únic que pot tocar la pilota amb les mans, o porte sempre pelats els genolls i els colzes. Qui jugue de porter, i vulga sobreviure a l'intent, ha de saber passar olímpicament de tot el que diga la resta d'ell. Com els bojos. Perquè per més que hages sigut el millor dels vint-i-dos durant tot el partit, és prou una errada teua a l'últim segon perquè tots et consideren el pitjor de tots els temps. A més, si diuen que el gol és la salsa del futbol, qui voldria jugar a la posició que tracta d'impedir-lo amb totes les seues forces? Ningú. Ningú que no estiguera tocat de l'ala, evidentment. Només un boig.

Després de l'entrenament, Buddy i Martina tornen a casa sense intercanviar gaires paraules pel camí. Els dos, no obstant això, van pensant el mateix. Dissabte. Tot i que cadascú va pensant sobre dissabte coses ben diferents. Martina té al cap el València. Buddy, el paper en blanc que porta doblegat en una de les butxaques del darrere dels seus pantalons.

Quan el xic entra en casa es troba son pare al sofà. Amb posat pensatiu, l'home observa el reflex de la seua cara en la tele apagada. «Potser este serà un bon moment», es diu Buddy a si mateix, i allarga la mà fins a una d'estes butxaques del darrere.

–Hola, Davi –son pare inclina el cap en sentir-lo arribar–. Com ha anat l'entrenament?

–Bé. Tothom està impacient perquè arribe dissabte. Per cert, parlant de dissabte...

–Ah, jo també volia parlar-te de dissabte –l'interromp son pare traient el seu reflex de la tele en posar-se dret–. Vindrà molta gent important dissabte, saps? Molta gent important per a l'equip. I molta gent important per a mi –va acostant-se al seu fill amb un desconegut to de confiança–. A tu que et semblaria si Valentina m'acompanyara al partit de dissabte *rotllo...*? Ja saps. *Rotllo... m'agrades*, i tot això.

Buddy ho flipa. Esta era l'última cosa de què pensava parlar aquella nit. Tot i que el xic reconeix que fa molt de temps que desitjava que alguna cosa així li ocorreguera a son pare. Encara que fóra a costa del futbol. Encara que fóra a costa... de dissabte.

–Bé, què me'n dius? –insistix l'home expectant–. Què et sembla?

–Genial, papà –respon Buddy mentre trau la mà buida de la butxaca del darrere dels seus pantalons–. Em sembla genial.

10
La bogeria dels porters bojos

Hummm... Rotllets d'estiu, arròs màgic mil delícies i sortilegi de soja. Sembla que el dimecres comença a redreçar-se a l'hora del dinar. Buddy ha estat assajant al pis dels avis des de primera hora del dia i Glòria li ha demanat que s'hi quede. A ell i a son pare, òbviament.

Sort que a l'edifici no hi ha hagut ningú en tot el matí, perquè l'assaig d'*Oh Boy!* no ha sigut precisament per a llançar coets. I és que no hi ha res que sone pitjor que un instrument musical que no es toque amb l'ànima. I no parle de la Fender Stratocaster. L'instrument al qual em referisc és la veu titubejant d'un xic que continua tenint massa dubtes i una marca hexagonal al front cada vegada amb pitjor aspecte.

–L'arròs està boníssim, iaia –agraïx el xic el banquet que els ha preparat Glòria.

–Gràcies –contesta l'àvia sense llevar-li del damunt els ulls de mig bruixa.

L'avi Fred, que no deixa de sabatejar contra el terra ni per a dinar, alça la mirada dels plats i s'adreça al seu nét.

–Això que tocaves a l'habitació era un rock-and-roll, oi? –Buddy es disposa a contestar però son pare, des de l'altre extrem de la taula, li cus un punt a la boca abans que el xic siga capaç d'obrir-la.

–Ah! Ara me'n recorde. Tinc dos passes VIP per a l'exposició de cotxes del València Port Rally –i de la butxaca de la camisa en trau dues entrades–. És la vesprada d'este divendres als coberts del port. Este divendres no tindreu entrenament, veritat?

–No. Només tinc classe d'anglés, però...

A Buddy no li dóna temps a dir que després de la classe de divendres voldria anar-se'n a casa per assajar el seu *Oh, Boy!*

–Fantàstic! Anirem quan isques de classe! Ja voràs! S'exposen els cotxes més al·lucinants del Campionat Nacional de Ral·lis! I també cotxes de col·leccionistes, cotxes històrics...! Una passada, Davi! –pel que sembla este cap de setmana té lloc una nova edició del València Port Rally; una competició automobilística en un circuit urbà, que s'instal·la al port de València i les zones que el circumden. És la primera notícia que té

Buddy sobre això. Sobre la celebració del mateix ral·li, i sobre esta sobtada afició de son pare per les carreres de cotxes. Per esta raó no el sorprén, segurament, el que l'home continua exclamant tot seguit:– Hi haurà una sessió de fotos i autògrafs amb els millors pilots del moment! Saps qui estarà entre tots ells? –Buddy es queda mut sense saber ben bé què dir–. Santiago Cañizares! Santi Cañizares, Davi! El Dragón reconvertit en pilot de ral·li! Podràs parlar en persona amb el teu ídol abans del partit més important de la teua vida! Què et sembla? Segur que et dóna un munt de consells fabulosos per a dissabte! Quina sort, veritat?

No cal dir que Buddy quasi acaba el dinar del dimecres amb un tall de digestió. Un «conjur de poliol i til·la», oportunament elaborat per la iaia, ha aconseguit tanmateix alleugerir l'aleteig de papallones a l'estómac del xic. Ara bé, si el moment del dinar ha sigut una mica indigest, la classe amb Elvis no ha anat molt millor. Buddy hui tampoc no ha dut signada l'autorització paterna per a *Somnis i Estrelles*, i el silenci d'Elvis sobre el tema ha pesat de nou com una llosa sobre la veu del xaval en assajar *Oh, Boy!* Fins a tal punt ha sigut així que quan Martina ha vingut a replegar-lo per anar a entrenar-se, el xic ha sentit un gran alleujament només pel fet de deixar la guitarra i calçar-se les botes. Alleujament momentani, això sí, ja que en tot l'entrenament, Buddy no ha tingut res més al cap que l'audició.

–T'arreplegue demà per anar a entrenar-nos a la mateixa hora? –ja de tornada a casa després de l'entrenament, Martina s'acomiada de Buddy mentre trau les claus del número 10 de Dr. Sumsi.

–Quin remei –se li escapa al xic sense voler.

–Carai, que simpàtic! Si t'estimes més anar-te'n tot sol a mi tant me fa.

–No volia dir això, Marty. No ho he dit per tu. Em referia a... –massa tard. A la xica ja se l'ha empassada el portal i Buddy només rep per resposta l'estrèpit d'una portada.

Quasi és de nit. A penes queda llum natural i els fanals encara no s'han encés. Carregat amb la bossota d'esport i la funda de la guitarra, Buddy s'encamina cap a casa, una illa més avall. En creuar de vorera, una veu coneguda el reclama des de dins del garatge que hi ha a la cantonada.

–Eh, Baddy, què hi ha de nou, company? –el xic s'acosta a la porta oberta del baix. La veu li resulta familiar, tot i que de moment no pot posar-li cara. Allí dintre hi és molt fosc–. Passa Baddy –ressona la veu com en una cova–. Vine, amic, tinc una cosa molt important a dir-te –Buddy desobeïx el seu instint de conservació i s'endinsa en el garatge. Pocs metres més allà, recolzat en un pilar, es troba Woody, fins fa tres setmanes el porter titular i indiscutible del City.

–Però què fas ací? –Buddy fantasieja per un instant, i imagina que «esta cosa tan important que el seu

company ha de dir-li» és que les ha recuperades totes, que els seus pares li han llevat el castic, que dissabte torna a l'equip, i que ell queda lliure per a presentar-se a l'audició. De manera que sense parar-se a pensar en per què dimonis Woody hauria de donar-li una notícia com esta a l'interior d'un forat negre en forma de garatge, el nostre xic s'aproxima a ell amb tota ingenuïtat i un somriure buddyhollinià a la boca. Just quan arriba a la seua altura, Woody li assesta un colp de puny a l'estómac que li fa vore les estreles.– Què et passa, tio? –aconseguix protestar el xaval mentre recupera la respiració i es retorç sobre la seua panxa–. Que t'has tornat boig o què? –torna a exclamar indignat per caure tot seguit en l'obvietat de la pregunta.

I és que a Woody no li diuen el Porter Boig per casualitat. La dita que tots els porters són bojos bé podria haver-se inventat en el seu honor. És més, si hui en dia Woody està considerat el millor porter de la història de la lliga aleví, no és per les seues indiscutibles qualitats físiques, sinó per estar boig com una autèntica cabra. En voleu més dades? Sent com és, un gran company d'equip, a Woody no li importa gens el que la resta opine d'ell. En un partit de futbol i jugant de porter, açò fa que siga capaç d'arriscar i mantindre's fred alhora en les situacions més complicades. Que per una cantada seua el City encaixa un gol? Cap problema. Trau la pilota de la xarxa i se n'oblida del tot, de la seua errada. El partit seguix i no servix de res menjar-se el cap per a detindre el pròxim llançament. Per això Woody és el número u i per això Buddy, en el fons, molt en el fons, l'enveja tant.

El nostre protagonista mira de redreçar-se i es recolza en un pilar del garatge mentre el Porter Boig es planta davant d'ell amb mirada desafiadora. Amb l'escassa llum del local a penes pot entrevore's, però Woody vestix la seua samarreta favorita; una samarreta negra amb l'estampa de Woody Woodpecker, el més famós dels pardals televisius de dibuixos, també conegut a la tele espanyola com *El Pájaro Loco* per la seua histriònica manera de riure. No és, tanmateix, l'habitual imatge riallera d'*El Pájaro Loco* la que mostra esta samarreta negra de Woody, ja que *El Pájaro Loco* de la seua samarreta fa pinta d'estar superempipat al mateix temps que mastega un cigar havà per calmar-se. Just davall d'esta imatge del pardal, hi ha escrites unes lletres majúscules on pot llegir-se LOQUILLO. Buddy no ho sap, però Loquillo és una gran estrella del rock i ídol de Woody per damunt de qualsevol porter de futbol. L'estampa d'*El Pájaro Loco* empipat no sols és l'emblema divertit d'este artista, és també el símbol que ha expressat, durant tota la seua carrera, l'actitud rebel i eixelebrada d'este rocker i la de tots els seus fans. Fans como Woody. El Porter Boig, en efecte.

–No estaves prou content amb llevar-me el lloc a l'equip, que també havies de llevar-me la xica, veritat que sí? –es justifica el Porter Boig mentre Buddy aconseguix redreçar-se de nou.

–Però què dius?! –protesta el nostre xic?–. Ni una cosa ni l'altra!

–Pren! –li etziba esta vegada un directe a la cara–. Per mentider!

El nou colp de puny de Woody fa que el nostre xic torne a vore les estreles, acompayades tot seguit de planetes, cometes i tota mena de cossos celestes. Però no és, amb tot, fins que Buddy s'ajup per replegar les seues ulleres del terra, quan sent un profund i extraordinari dolor.

–Les meues Buddy Holly –gemega el xaval mentre subjecta les seues ulleres de pasta negra partides per la meitat.

–Has dit Buddy Holly? –s'interessa el Porter Boig per les últimes paraules de la seua víctima.

–No tornes a embrutar el nom de Buddy Holly amb la teua boca fastigosa! –es gira el xic enfurismat sense pensar ni un segon en les possibles conseqüències de la seua resposta.

–Eh! Fixa-t'hi! –se sorprén Woody per la impetuosa reacció del seu company–. Al remat resultarà que estàs més boig que jo. Ja voràs. Encara farem de tu un bon porter i tot.

Encara que en condicions normals la resposta insultant de Buddy haguera sigut més que suficient per a desencadenar sobre la seua persona una cascada definitiva de colps de puny i puntades de peu, resulta absolutament excepcional per a Woody trobar-se amb algú de la seua mateixa edat que conega el mateix Buddy Holly. Este fet insòlit ha despertat en ell una curiositat tan gran, que per un moment deixa aparcada la pallissa final que tenia reservada per al seu rival en la porteria i en l'amor.

I és que si bé pot arribar a ser tan verro i bèstia com ja heu vist, el Porter Boig té també una part emotiva i sensible que es manifesta en una gran afició pel rock en general, i per Loquillo en particular. D'esta estrella del rock-and-roll espanyol de les últimes quatres dècades, Woody no sols en coneix la seua discografia, sinó també els discos, grups i cantants històrics que més han influït i han marcat la seua carrera. Entre tots estos, curiosament, potser el més important haja sigut Buddy Holly. Així que conscient de ser una persona ben estranya que acaba de trobar-se amb una persona tan estranya o més que ell, Woody, el Porter Boig, acosta la seua cara a la cara de Buddy, el Porter Viatger, i s'adreça a ell amb un to de sorprenent complicitat.

–Explica-m'ho, *brother*, de porter a porter, com punyetes vares conéixer tu Buddy Holly?

11
El futbol és així. Les xiques també (Un secret de domini públic III)

–Però com t'has fet això?! –Glòria s'escandalitza en vore el seu nét amb l'ull dret de vellut. Quan el xic va aterrar anit a casa, son pare encara no hi havia arribat i se'n va anar directe al llit. Així que Buddy s'ha alçat prompte este matí de dijous i acaba de presentar-se al pis dels avis per assajar en la seua habitació.

–No és res, iaia. Fou ahir, entrenant-me.

–Vine ací que t'ho veja –Buddy mira d'escapolir-se dels braços de l'àvia però el corredor és massa estret perquè la seua maniobra d'evasió tinga èxit. Glòria aconseguix endur-se'l a la cuina i a la llum de la finestra observa el morat–. Entrenant-te, entrenant-te... –murmura entre dents amb to desconfiat–. I açò també ha sigut entrenant-te? –l'àvia sosté en l'aire les ulleres de pasta negra. El xic ha apegat el pont partit amb cinta aïllant però el resultat no pot ser més matusser.

–Em vaig asseure damunt sense adonar-me'n.

–Ja... –el sisé sentit de bruixa de Glòria la porta a remoure el serrell del xic com si buscara polls entre els seus cabells negres. La marca de l'hexàgon apareix aleshores sobre el front de Buddy, palpitant i encarnada com gravada a foc.

–Et fa mal? –pregunta l'àvia mirant-lo directament als ulls com si tractara d'hipnotitzar-lo.

–Sobretot quan toque la guitarra i cante –confessa Buddy espontàniament.

–Només tu tens la solució –li xiuxiueja l'àvia a l'orella–. Ho saps, veritat?

–En això estic, iaia –respon Buddy davant la mirada escrutadora de Glòria.

–D'acord. Però si dilluns continues tenint això al front, tu i jo anirem al metge.

–Al metge? –se sorprén el xic cobrint-se la marca.

–Sí –acarona l'àvia els cabells del seu nét–. Al metge del cap, vull dir. Una marca al cap supose que requerirà les atencions d'un metge del cap, no?

–Supose –s'escapolix el xic de l'abraçada de l'àvia fent-li un bes.

–Espera –davant la sobtada petició de Glòria, Buddy es gira a punt d'eixir per la porta de la cuina–. Digues David.

–Vadid.

Quasi és de nit. Martina i Buddy tornen d'entrenar-se pel passeig de la Ciutadella. Han eixit de l'antic llit i seguixen el curs de l'antiquíssim ampit que fa molts anys vorejava el riu. Encara els ressona a les orelles l'arenga de l'entrenador per a dissabte.

–Que callat estàs, Baddy –trenca Marty el silenci–. És culpa meua?

–No, dona... –«sols una mica» pensa el xaval. Sols la mica que suposa la idea que Woody, el Porter Boig, estiga vigilant-lo des d'algun lloc mentre torna a casa amb la seua suposada xica. Però poc més. En realitat el seu silenci té més a vore amb allò que hui li ha dit la seua àvia; amb allò que ha tornat a no dir-li Elvis a les golfes, i amb la seua incapacitat total per enfrontar-se sol al seu problema gegantí.

–No vols contar-me hui cap dels teus secrets? –oferix Martina la seua orella.

–Quin secret? –«un d'estos secrets que sempre m'acabes xafant?» pensa Buddy per a si–. No, gràcies, Marty. Hui no estic per a cap dels meus secrets.

–Ni tan sols per al secret de *Somnis i Estrelles*?

Buddy la mira estupefacte. Com és possible que conega un secret com este? Una de dues: o Martina és Sherlock Holmes o té poders paranormals. Abans de perdre el temps amb evasives, el xic contraataca.

–Què en saps tu, del meu secret de *Somnis i Estrelles*?

La xica no defuig la pregunta i va directa al gra.

–Doncs sé que el teu gran desig en este món seria presentar-te al càsting i cantar una cançó de Buddy Holly. Però com que la data i l'hora de l'audició coincidixen amb el partit contra el València, en realitat no saps què fer. No vols defraudar les expectatives de ton pare, ni tampoc deixar sense porter el teu equip. Preferixes no arriscar, sacrificar-te i perdre l'oportunitat d'anar i lluitar per allò que més t'estimes a la vida.

El xic es queda plantat sobre la vorera mirant la seua companya com si fóra una marciana.

–Com dimonis saps tu tot això, Marty?

–Vinga, Baddy. No cal ser Sherlock Holmes ni tindre poders paranormals per adonar-se'n. És obvi! Vas tot el mes carregat amb la guitarra amunt i avall amb una carassa de frustració total; el barri sencer està ple de cartells que anuncien el càsting des de fa setmanes, i a més a més et delaten les teues ulleres de pasta negra, reparades a corre-cuita amb cinta aïllant perquè necessites dur amb tu, com siga, l'esperit de Buddy Holly.

Bé. Per un moment el nostre xic ha estat a punt d'empassar-se sencereta tota l'argumentació deductiva de Martina. Allò de la guitarra, la seua carassa i els cartells encara podria passar. Ara bé, això de les ulleres i l'esperit de Buddy Holly... No. De cap manera. Sense cap ànim de menysprear la seua amiga, definitivament això de Buddy Holly no cola.

–Què en saps tu, de Buddy Holly? –pregunta el xic amb desconfiança mentre inspecciona els ulls de Martina.

–Que què sé jo de Buddy Holly? És una broma, veritat? –respon la xica amb una rialla nerviosa–. Sóc Marty. Marty McFly, te'n recordes? El meu nom es va fer mundialment famós pels meus viatges a través del temps. En el futur o en el passat, he visitat un fum d'anys, xaval. Els anys cinquanta inclosos. Que què en sé jo, de Buddy Holly, em preguntes? En un dels meus viatges jo vaig vore actuar en directe Buddy Holly en..., en...

–*Back to the future*. M'imagine que pogué ocórrer en la primera part de la trilogia, no? –la interromp el xic amb desgana–. Però deixa-ho córrer, Marty –tanca la qüestió–. Woody és qui t'ha parlat de Buddy Holly. De Buddy Holly i del meu secret de *Somnis i Estrelles*. Com ja supose que deus saber, ahir vaig trobar-me'l quan et vaig deixar a casa i..., bé..., diguem que vaig tindre una llarga conversa amb ell. Sabia que era el més boig de tots els porters bojos, però pel que veig també és el més bocamoll.

–Ja ho pots ben dir. El més boig, el més bocamoll, i també el més cabut –sentencia Martina quan reprén el pas per la Gran Via, una vegada ha vist descoberta la font de la seua informació.

–Cabut? –estranya a Buddy que Marty empre ara este qualificatiu–. Per què dius això de *cabut*?

–Per moltes raons. Però especialment per una. I és que cal ser molt, però que molt cabut, per a negar-se en redó a aprovar-ne cap. No em digues que no?

–Com que negar-se? –replica el xic cada vegada més perplex–. Vols dir que Woody haguera pogut aprovar alguna assignatura si ell haguera volgut?

–Alguna assignatura? Si Woody haguera volgut, ell solet haguera batut tots els rècords d'excel·lents del Galileo Galilei. I això que allí van els estudiants més aplicats de la ciutat. Encara que no ho semble, tot el que Woody té d'animalot, ho té de cervellet. I per cert –afegix Marty amb un sospir–, també de romàntic.

Allò de cabut s'ho podia imaginar. Això de cervellet, sobretot després de la seua conversa d'anit, la veritat és que no pot dir que el sorprenga del tot. Però això de romàntic... Què dimonis té a vore el romanticisme amb el fet de no voler aprovar-ne cap? A Buddy no li quadra gens. Així que sense pensar-s'ho dues vegades, quan arriben a l'altura del carrer de Ciscar, el xic li demana a Martina que pare i li ho explique tot d'una.

–Recordes aquell partidet d'entrenament del «Ningú no em diu gallina?» –es remunta la xica fins al passat mes de maig.

–I tant –assentix Buddy tot seguit–. Com podria oblidar-lo? La setmana anterior Woody t'havia fet el turmell com una tomaca, i a la següent, en el partidet del dijous, tu li feres tres túnels en la mateixa jugada abans de marcar-li tot un golàs.

–Sí... Va molar, oi? –es recrea Martina recordant aquell moment–. Doncs bé, uns dies després d'allò –torna a reprendre el fil–, Woody va vindre a buscar-me a casa i em va demanar dues coses. La primera, disculpes. Flipa! El Porter Boig demanant disculpes, t'ho pots creure?

–La veritat és que em costa molt –respon el xic ben sorprés–. I la segona cosa que et va demanar?

–Al·lucina! Eixir amb ell, rotllo cita! Jo li vaig dir que m'ho havia de rumiar, per descomptat; que a vore què era el que s'havia cregut; que s'havia passat tres pobles amb mi i que no tenia gens clar quina classe de persona era. Ell, tanmateix, en compte de desanimar-se, es posà superformal i va respondre que perquè me n'adonara, de la classe de persona que ell era, anava a fer-me allí mateix una mena de jurament. Mai més no tornaria a jugar a futbol, mentre jo no li donara aquella cita. És més. Com a garantia del compliment d'este jurament, i per assegurar-se que ningú li impedira complir este compromís, va dir que a més a més suspendria tots els exàmens d'aquell trimestre. Naturalment, sabia que així els seus pares li prohibirien posar-se els guants de manera terminant.

–Caram! És la petició de cita més impressionant i boja que he sentit mai en ma vida –reconeix Buddy.

–És que no t'ha dit mai ningú que tots els porters esteu bojos? Doncs ací no acaba la cosa –torna Marty a la càrrega–. Demà són els exàmens de recuperació al Galileo Galilei. I veritat que no saps què és el que m'ha dit Woody per telèfon este mateix matí? –el xic belluga el cap d'un costat a un altre–. Doncs que no pensa aprovar-ne ni un mentre continue sense donar-li la maleïda cita.

–Però és que encara no has eixit amb ell? –pregunta Buddy sorprés al mateix temps que es respon a si mateix. «Evidentment, no, cap de suro. Si Marty ja haguera eixit amb ell, demà Woody es presentaria als exàmens amb la intenció d'aprovar-los, els seus pares de seguida li alçarien el castic i...».

–Encara que els rockers no són el meu tipus –interromp Martina els pensaments de Buddy–, no cregues que no m'haguera vingut de gust dir-li ja que sí. Però supose que una senyoreta com jo ha de fer-se pregar, veritat? Que patisca una miqueta més, no et sembla? –al xaval no li sembla res perquè ha tornat als seus pensaments de fa un moment. Pendent de capturar una idea fugaç que comença a prendre forma al seu cap, el xic sent, però no escolta la seua amiga–. A més, saps què et dic? –proseguix Martina sense adonar-se que el seu company va a la seua bola–, que es pose a la cua! –exclama–, que s'adone que no és l'únic pretendent que tinc! Per cert –s'acosta al xaval per tal de fer-li una confidència–, potser últimament m'haja passat una mica amb Woody posant-lo gelós... amb tu.

–Que què?! –les últimes paraules de Martina han aconseguit traure Buddy del seu embadaliment.

–Que potser últimament...

–Que potser?! –esclafix el xic mentre assenyala alhora el morat del seu ull dret–. Que potser?! –assenyala ara el pont de les Buddy Holly reparades amb cinta aïllant–. Anit el teu Romeo em va regalar una bona tonyina, saps?

–De debò Woody et va fer això? No ho sabia. Pensava que t'ho havies fet entrenant-te –però lluny de sentir-se culpable, ni de bon tros, a Martina se li il·lumina la cara–. De debò et va fer tot això per mi? Que maco!

–Com que «que maco»?! –se sulfura el xaval com mai no l'havia vist abans la seua amiga–. Deus voler dir «quin mico»! –i rectifica sobre la marxa– o quin orangutan! Sí, és clar! Deus voler dir quin orangutan!

–Ho sent, Baddy –diu la xica amb sentida sinceritat.

–Me'n deus una, Marty! –exigix el xic inflexible–. I a més a més, una de les grans!

–Una què? –pregunta Marty desconcertada.

–Una cita, McFly –respon Buddy somrient per primera vegada en tota la setmana–. Em deus una cita.

12
La cita de la seua vida

Elvis dóna per acabada la classe del divendres sense saber encara si Buddy es presentarà o no a l'audició de l'endemà. Tot i que profe i alumne han dedicat una bona estona a practicar *conversation*, i malgrat que el mateix Buddy haja estat assajant amb Elvis *Oh, Boy!*, cap dels dos no ha tret el tema. El més a prop que ambdós han estat de parlar sobre *Somnis i Estrelles* ha estat a última hora de la classe, quan el professor li ha ensenyat algunes expressions colloquials en anglés, equivalents a la seua vegada a frases fetes del valencià. Per exemple, *Break a leg*. Literalment, 'trenca't una cama', la versió valenciana de la qual vindria a ser l'expressió *molta merda*; una locució popular molt pròpia del món dels artistes, actors o músics, i que, contràriament a allò que poguera semblar pel seu contingut, es fa servir de forma familiar per a desitjar-se bona sort abans d'una actuació. No negarem que un xicotet tuf d'indirecta ha surat a l'ambient quan Elvis ha explicat al xic esta qüestió. Indirecta que s'ha transformat en tota una declaració d'intencions quan el profe ha dit, abans de finalitzar la classe, que demà guardarà lloc fins a l'últim moment, a la cua, per si apareguera cap amic.

Hui no l'espera Martina a l'eixida d'anglés. Amb ella té una cita més tard. Ara qui l'espera aparcat al costat del portal d'Elvis és son pare. Quan el xic ix al carrer, el motor del cotxe ja el té encés. Dos passes VIP per a l'exposició del València Port Rally brillen dalt del quadre de comandaments.

Una gentada multicolor bambolleja pels voltants del port. Davall els coberts situats al costat de l'Edifici del Rellotge, desenes de cotxes esportius històrics competixen en resplendor amb l'aigua del moll. És una vesprada relluent del final de juny. Una brisa salada refresca el formigueig d'aficionats i curiosos que deambulen entre les parades d'autògrafs, les casetes de begudes i els estands publicitaris.

–Has d'anar tota l'estona amb la fundeta? –rondina el pare de Buddy quan arriben a la cua de la parada de Cañizares. El xic no ha volgut deixar-se la guitarra al cotxe per si li la roben i la porta penjada del coll–. Són també ganes d'anar carregat sense necessitat –continua rondinant son pare.

No és la funda, precisament, la càrrega més pesada que porta el xic. Amb cara d'aclaparat i sense poder amagar el seu nerviosisme, Buddy mira el rellotge cada dos per tres. Són les set de la vesprada. A les huit té la cita de la seua vida amb Martina McFly i la cua dels autògrafs va més lenta que el cavall del *baddy*.

A l'altre extrem de la filera, Cañizares es pren tot el temps del món per a signar dedicatòries, fer-se fotos amb els fans i encaixar la mà de qualsevol que traga el nas pel seu estand. Encara porta els cabells tenyits de groc i vestix una samarreta plena de publicitat tan cridanera com els jerseis que feia servir quan jugava de porter.

–*¡Hombre! ¡Míster Deportes Badia!* –després de mitja hora d'espera els ha arribat el seu torn. Cañizares ha reconegut de seguida el pare de Buddy, es posa dret i el saluda ben afectuosament amb un *give me five* en tota regla.

–Este és Davi, el meu fill i porter.

–*¡Mi sucesor!* –exclama Cañi de forma efusiva i li allarga també la mà–. *Me han hablado muy bien de ti, ¿sabes? Por cierto, ¿qué te parecieron los guantes?* –pregunta Cañizares mentre signa un pòster a tot color on apareix conduint el seu flamant Porsche 911.

Just en este moment algú de l'organització s'adreça cap a l'ara pilot i li demana que alleugerisca amb els autògrafs i les fotos. La cua és a hores d'ara interminable i han de complir escrupolosament l'horari de l'esdeveniment. Així que Cañizares es disculpa davant els Badia per no poder atendre'ls com es mereixen, els dóna un parell de bosses amb regals comercials i els emplaça per xarrar durant més temps en una altra ocasió menys apressant.

–Quina mala sort! –es lamenta el pare de Buddy mentre un segurata els obri el cordó de seguretat que delimita l'estand de la llegenda valencianista–. Amb els bons consells que podria haver-te donat Cañi per al partit de demà. En fi..., em sap greu que t'hages quedat amb les ganes de parlar amb ell, Davi.

–Doncs la veritat és que sí –coincidix Buddy amb el lament de son pare malgrat que no siga del tot per les mateixes raons–. La veritat és que ha sigut una pena –murmura mentre mira de nou l'hora. Les set i trenta-cinc. Quasi hi ha tanta cua per arribar a l'estand com per a eixir del cobert portuari que l'alberga. Els dos Badia estan esperant que el formiguer de gent avance quan el xic es gira per fer una última ullada al Dragón. Des de la seua posició observa que acaba d'alçar-se i que es dirigix als lavabos que es troben al costat de la seua parada.– Espera'm al cotxe, papà! Hi vaig de seguida! –Buddy aprofita una distracció del segurata i es cola per davall del cordó pel qual acaben d'eixir son pare i ell. Esquiva tot seguit la multitud que camina entre pilots i cotxes i aconseguix entrar sense cap problema als lavabos. Cañizares hi és rentant-se les mans.

–*¡Deportes Badia Junior!* –exclama l'exporter sorprés per la sobtada aparició de Buddy–. *¿Es que te has olvidado algo, muchacho?* –pregunta mentre el xic pantaixa com un cavall de carreres.

–En realitat, sí –respon Buddy en recuperar l'alé. Aleshores es despenja la funda de la guitarra, descorre la cremallera i trau una bossa de pell blanca guardada al costat de l'Stratocaster–. Volia tornar-te'ls, Cañi. Tem que no són per a mi.

Davant la mirada atònita del millor porter de la història del València CF, el xic allarga els guants del Dragón al seu propietari original.

–*¿Por qué?* –pregunta Cañizares desconcertat mentre els pren.

–Perquè jo només vull cantar i tocar la guitarra –confessa el xaval–. No volguera semblar un desagraït. Però esta és la veritat, Santi.

Lluny d'intimidar-lo, el mite valencianista ha generat en Buddy una estranya sensació de confiança. També d'alliberament. I així, com si anara tot sol pelant una ceba, el xic sent, entre llàgrimes, la necessitat irrefrenable d'explicar-li al Dragón els capítols que configuren la seua pròpia història: la benedicció maleïda dels guants, les ulleres de pasta negra trencades, el partit de demà, *Somnis i Estrelles*, son pare, els compis, la cita d'esta vesprada amb Martina, *Oh, Boy!* de Buddy Holly...

Lluny de fer-li saltar cap llàgrima, la història del xaval ha dibuixat un somriure sincer als llavis de Santiago Cañizares. Algú de l'organització reclama de nou pressa a l'estrella de l'estand i colpeja la porta del lavabo per dir que es fa tard. Les set i cinquanta-cinc marca el rellotge de Buddy.

–*¡Maldita sea!* –exclama el Dragón en adonar-se de l'hora–. *Sólo te quedan cinco minutos para llegar a la cita más importante de tu vida. ¿Dónde decías que habíais quedado esa tal Martina y tú?*

El vell Porsche 911 Repsol derrapa sobre l'asfalt del passeig de l'Albereda per a deixar Buddy a l'entrada del Palau de la Música. Les huit en punt. Sense temps a perdre, Cañizares s'acomiada del seu copilot abans que este isca del cotxe. Encaixen un *give me five* com uns grans col·legues i, tot seguit, el Dragón li entrega de nou els guants.

–*Un regalo nunca se devuelve, amigo mío. Nunca* –afirma amb rotunditat l'exporter des del fons dels seus ulls clars–. *Ahí los tienes, chico, son para ti. Son los guantes de mis grandes paradas. Sí. ¿Pero quieres saber una cosa?* –xiuxiueja baixet tot i que les finestres del cotxe estan tancades–. *También son los guantes de mis grandes cantadas. Y te aseguro que siempre aprendí mucho más sobre mí, a través de mis grandes cantadas, que a través de mis grandes paradas. Dices que quieres cantar, ¿no?*

–Més que qualsevol cosa en este món.

–Pues no se lo digas a nadie, pero para ayudarte a cantar, lo que se dice cantar –somriu assenyalant els guants–, *no encontrarás un amuleto mejor que este. Enfunda en ellos tus manos. Pero también toda tu ilusión, todo tu empeño, todo tu esfuerzo... Y ellos te dirán de verdad quien eres.*

–Gràcies, Santi.

–De nada..., David.

Hi ha entre ells un segon de silenci quasi etern, trencat de sobte per una exclamació de Buddy.

–Ostres! –es posa les mans al cap–. Me n'he oblidat! De mon pare!

–Tranquilo, compañero –Cañizares s'estira sobre el seu costat dret i obri la porta del copilot del vell Porsche–. *Ahora cuando vuelva al puerto ya le digo yo que nos hemos ido a dar una vuelta. ¡Suerte con tu cita!*

Buddy ix del cotxe, rodeja l'edifici del Palau i baixa a l'antic llit del riu per les escales que donen a la font musical. En un dels prats laterals veu de seguida Martina. La xica fa puntades a una pilota, per descomptat. Tot i que esta vegada no són tocs en solitari. Són xuts a porta dirigits a una porteria improvisada amb dos pins. El porter és un xaval espigat, corpulent i vestix una samarreta negra de Loquillo.

–Baddy! –crida la xica en vore'l arribar–. Superada la marató d'exàmens! Woody ha batut tots els rècords d'aprovats en les recuperacions!

–Ja ho saben els teus pares? –pregunta el xic al Porter Boig amb l'ai al cor.

–Ja tinc el seu permís per a jugar demà, *brother*.

Sí! La cita que Martina li devia a Buddy no ha pogut anar millor. Sobretot si tenim en consideració dues coses importantíssimes. Primera, que es tractava de la primera cita de la seua vida. I segona, que esta cita ni tant sols era per a ell.

Després d'abraçar-se als dos amics, Buddy mira agraït al cel amb els punys en alt. Un únic nuvolet entela tanmateix el blau total.

–Hola, papà. Tinc una cosa important a dir-te –el pare de Buddy també acaba d'arribar a casa. Està penjant ara mateix el telèfon del saló i es gira cap al seu fill molt engrescat.

–No m'ho puc creure! –l'home està tan eufòric que ni tan sols pregunta al seu fill pel passeig amb Santi Cañizares–. No m'ho puc creure, Davi! M'acaben de comunicar que el partit de demà es juga a Mestalla! T'ho pots imaginar?! El Russafa City a l'estadi de Mestalla! –Buddy intenta respondre però son pare prosseguix embalat–. I encara queda el millor! Un dels meus contactes m'ha cantat que un buscapromeses del València et farà demà un seguiment personal. Estan superinteressats amb tu! Quina passada, Davi! –son pare l'abraça tan fort que el xic quasi no pot ni respirar–. Però digues-me –recorda de sobte quan allibera el xaval–, què era això tan important que volies dir-me?

–Ah, sí –el xaval trau de la butxaca del darrere dels seus vaquers un paper doblegat i l'allarga a son pare–. Necessite que em signes esta autorització, papà.

–Una autorització? –pregunta son pare sense donar-li gaire importància–. Per a què?

Fit a fit, el xic mira l'home. Son pare encara està tan emocionat, que el xic pot escoltar el batec accelerat del seu cor.

–No és res, papà. Un rotllo. Una excursió del col·le per a la setmana que ve.

–Excursió del col·le? Pensava que ja estàveu de vacances.

–I ho estem. Però durant la primera setmana tenim les activitats extraescolars de tots els anys. No te'n recordes?

El pare fa cara de no recordar-se'n. És normal. El seu fill mai no ha tingut activitats extraescolars durant la primera setmana de vacances.

–Dóna'm. On he de signar? –l'home pren el paper de la mà del seu fill; una mà que tremola de forma incontrolable com si una enrampada elèctrica li serpentejara davall la pell–. No et preocupes, Davi –diu son pare en advertir l'evident inquietud del xic–. Jo també estic nerviós per això de demà –i signa on assenyala el dit trèmul del xaval–. Ja voràs com tot eixirà bé.

–Segur –respon Buddy.

Altrament, pensa el xic quan plega de nou el paper, quin sentit haguera tingut mentir de debò a son pare per primera vegada?

13

El millor dels 22

Fa molts anys, abans de ser rehabilitada per a la celebració de concerts, l'actual sala Martí albergava un dels cinemes més emblemàtics de la ciutat. Els ABC Martí. Quan Buddy ha arribat este matí de dissabte a l'escalinata de la seua façana, la cua d'aspirants, que partia de la porta principal, es perdia al llarg de l'avinguda de l'Antic Regne fins a més enllà d'on la vista hi abastava. Sí, senyor. Una gentada digna d'una estrena hollywoodiana de primer nivell.

–Recorda este moment, *my friend.* Algun dia totes estes persones faran cua només per vore't actuar a tu –han sigut les paraules d'Elvis quan el xic l'ha localitzat en una de les primeres posicions de la filera.

El cantautor novaiorqués ha arribat de matinada a la cua. Fa dies que té les dues inscripcions fetes, però amb la quantitat de candidats sense número que s'apiloten a les portes el dia de l'audició, no ha volgut córrer riscos d'última hora. El xic, per la seua banda, ha passat tota la nit de vetla. A penes ha pogut conciliar el son i ha eixit d'hora de casa. Una miqueta abans de les nou. Just després que son pare se n'anara a la tenda a treballar. Des d'allà se suposa que el presi del City acudirà a Mestalla quan siga l'hora del partit.

–M'alegre de vore't –xiuxiueja Elvis a l'orella de Buddy quan els dos s'abracen a la meitat de la cua–. No tenia cap dubte que al capdavall vindries.

–Doncs jo els tenia tots, la veritat –reconeix el xic amb humilitat mentre es col·loca al costat del professor.

–Tu has nascut per a açò, *my friend*. Este és el teu destí. I la prova irrefutable és que has vingut. *Come on, boy* –fa Elvis una xicoteta espenta a l'esquena del xic.

Les portes de la Sala Martí s'han obert. La cua, repleta de nervis i il·lusions, comença a moure's lentament, molt lentament, cap a l'èxit o el fracàs.

–I els teus pares, xaval? –pregunta l'encarregat de l'organització.

Són les onze i mitja. Elvis i Buddy han entrat ja al luxós vestíbul de benvinguda. Darrere d'una llarga taula, l'equip de recepció filtra els aspirants comprovant-ne la documentació.

–Els meus...? Els meus pares? –titubeja el xic–. Acabe d'entregar-los la meua autorització paterna.

En efecte, entre els dits de l'encarregat hi ha desplegat un paper mostós amb més doblecs que el mapa del tresor. Tanmateix, el tipus de l'organització nega amb el cap mentre comprova de nou la data de naixement.

–Veig que no t'has llegit la lletra xicoteta de les bases, amiguet. L'autorització paterna és vàlida per als menors d'edat majors de catorze anys. Per als menors de catorze, com és el teu cas, és obligatori l'acompanyament d'almenys un dels pares.

–Però si ma mare viu a Nova York! –de colp el cor de Buddy s'ha posat a mil per hora–. Espere un moment! –se li acut una idea desgavellada–. Poden parlar amb ella per l'Skype! Així podran vore que em fa costat en tot açò! Per favor! –suplica el xic desesperat com si ho fera per la seua pròpia vida.

–Ho sent, xaval. Ha d'estar ací. En persona. Són les normes per a tots –sentencia el tipus de forma inapel·lable mentre Buddy comença a marejar-se–. I ton pare? –s'interessa en qualsevol cas l'encarregat davant la desolació del xic. Elvis, just darrere del seu alumne, està a punt d'alçar un índex per fer-se passar pel seu progenitor, però l'encarregat, que ja s'ha adonat de la situació, li llança una miradeta dissuasòria que fa que el profe torne immediatament la mà a la butxaca.– Mira, ho sent molt, xaval –diu l'home de forma comprensiva mirant de reüll la gentada que va amuntegant-se a la cua aturada–. La pròxima vegada serà. Ara, per favor, has d'abandonar la filera si ton pare no t'acompanya.

–Son pare està ací! –se sent de sobte un crit entre pantaixos per damunt de la multitud que espera el seu torn més enllà de l'entrada–. Son pare està ací! –torna a ressonar un altre crit més pròxim mentre tots giren el cap i obrin un passadís a tan gran cridòria–. Jo sóc son pare! –apareix un home amb un pam de llengua fora fent-se lloc amb els braços–. Jo sóc son pare –repetix finalment exhaust quan arriba a la taula amb el front suat i el llibre de família a la mà.

«Jo sóc son pare.» Des que Darth Vader va pronunciar una frase molt semblant en *Star Wars*, als antics cinemes Martí no havia esclafit una ovació tan ensordidora com la que té lloc a continuació. Mentre l'encarregat comprova la documentació, els Badia es miren als ulls. El fill no sap què dir. El pare tampoc.

–Just quan anava a eixir cap a Mestalla –s'arranca el pare desfent el nus que li estreny la gola–, ha arribat a la tenda Santi Cañizares.

–A comprar alguna cosa? –pregunta Buddy amb ingenuïtat sense poder eixir del seu esbalaïment.

–No. No ha vingut a comprar res. Ha vingut a explicar-m'ho tot –respon l'home amb un to de veu més pròxim a la disculpa que no al retret.

–D'acord, senyors –s'interposa l'encarregat de l'organització entre les àvides mirades que sostenen pare i fill–. Tota la documentació la té en regla. Esta hostessa –s'adreça el tipus a Buddy penjant-li una acreditació–, et guiarà fins als camerinos. Només l'aspirant, per favor –deté son pare que ja se n'anava darrere–. Els acompanyants, si ho desitgen, poden passar a la sala per tal de vore l'audició. Recorda, xaval, que els menors de catorze formeu part de la categoria quatre. T'avisaran per actuar pel número que figura a la teua acreditació. No crec que la cosa es demore gaire. En la teua categoria només sou vint-i-dos.

–Vint-i-dos! –exclama el pare com un autòmat i tanca la boca tot seguit per no ficar la pota.

–Digues-ho, papà –diu el xic amb resignació acostant-se a son pare–. Digues-ho, no et talles. –El pare de fet no es talla i s'abraça al fill enmig del vestíbul.

–Molta merda, fill –enganxa els llavis a la seua orella–. Molta merda.

A través d'un laberint de foscos corredors, una xica molt jove ha acompanyat Buddy al seu camerino diminut. Segons ella, té molta sort de tindre'n un només per a ell, tot i que al xic no li haguera importat gens compartir el seu amb algú més. Així haguera pogut xarrar i matar els nervis fins que el cridaren per eixir a l'escenari. Precisament pels nervis s'ha deixat a casa el vestit de jaqueta i la corbata que va enviar-li sa mare des de Nova York. Bé, en realitat, no és que se li haja oblidat. Sinó que anava tan accelerat que ni tan sols recordava on se l'havia deixat. Què hi farem? Tot no anava a ser perfecte.

El millor, en tot cas, és que com que no ha de canviar-se per a l'actuació, Buddy disposa de temps extra per escalfar els dits i la veu, tal com Elvis li ha ensenyat. Així que disposat a preparar-se, obri els tancaments de la funda i pren la Fender Stratocaster amb molta cura. Quan el xic ha extret del tot la guitarra, en la base de la funda ha trobat una petita sorpresa: una bossa plana de cuir blanc, en una de les cares de la qual, brodat amb fils brillants i multitud de colors, creua els núvols un d'aquells dracs llegendaris que poblen de misteri les rondalles medievals; una espècie de rèptil gegant, de grans i nerviüdes ales, urpes com alfanges, dents esmolades i hàlit de foc.

Una mirada d'enorme estranyesa il·lumina la cara del xaval. La veritat és que no recorda en absolut haver guardat anit els guants del Dragón en la funda de la guitarra. És més, juraria haver-los deixat en la tauleta de nit abans d'anar-se'n al llit. Encara que tant se val això ara mateix. El ben cert és que en l'estat de nervis en què es troba, el xic s'alegra de tindre al seu costat els guants de Santi Cañizares. «*No encontrarás un amuleto mejor que este*», recorda les seues paraules en el vell 911. «*Enfunda en ellos tus manos. Pero también toda tu ilusión, todo tu empeño, todo tu esfuerzo... Y ellos te dirán de verdad quién eres*».

En un impuls inconscient, Buddy deixa la guitarra i pren la xicoteta bossa de pell. En descórrer la cremallera i traure les toves manyoples, una enigmàtica targeta morada i perfumada ha caigut al terra des del seu interior. «Digues David», hi ha escrit amb retolador de plata en una de les seues cares.

«Ho sabia», murmura el xaval mentre identifica el perfum que ha impregnat l'aire del camerino. «Eau d'Embruixament de Glòria». Ara comença a entendre-ho tot. «Per què no he trobat este matí el vestit de jaqueta i la corbata; per què no recordava haver guardat els guants en la funda de la guitarra; la targeta amb el Digues..., amb el Digues..., amb el Digues Vadid.»

Per alguna raó que el xic encara ni tan sols sospita, l'àvia ho sabia. Sabia que hui era el dia que sempre ha estat esperant. El dia que per fi va a trobar-se amb ell mateix. Carregat d'una confiança desconeguda per a ell, Buddy s'enfunda els guants del Dragón i es planta davant de l'espill. Vestix la seua pròpia roba. Cap vestit postís amb corbata. Samarreta blanca, vaquers i unes All Star negres fetes pols. Les ulleres de pasta negra apedaçades amb cinta aïllant emmarquen una mirada il·lusionada. És curiós. Mai no ha estat tan nerviós i alhora tan seré. I despentinat. Sense voler separar-se del seu talismà ni un segon, el xic comença a pentinar-se amb els guants posats. Estil rocker, per descomptat. De manera que quan s'alça el serrell per a donar-li forma al seu tupé giragonsat, el seu front blanquinós hi queda al descobert.

«Increïble», mussita baixet davant l'espill. Amb tant de tràfec ja ni es recordava d'ella. Però ara que es té a si mateix, cara per cara, Buddy comprova bocabadat que no hi ha ni rastre de la marca hexagonal. Ni de la marca ni del dolor insuportable que esta li provocava cada vegada que tenia a prop d'ell la guitarra. El xaval se sent de colp tan alleujat que a penes pot creure-s'ho. I en voler ajustar-se les ulleres per examinar-se el front més a prop encara, amb un moviment maldestre de les mans enguantades les Buddy Holly salten del seu lloc, volen a càmera superlenta davant dels seus ulls, i després d'uns intents debades de caçar-les a manotades, descriuen una caiguda en picat i es fan miques contra el sòl. No hi ha cinta aïllant que repare un accident aeri com este. El pont ha tornat a partir-se, la vareta esquerra s'ha trencat en tres trossos i els dos vidres semblen dues atapeïdes teranyines.

–*Bye, Bye, Buddy* –li ix al xic de dintre quan s'ajup per replegar les restes de la catàstrofe–. *Bye, Bye, Buddy* –xiuxiueja de nou en incorporar-se, atret pel ritme enganxós que li suggerixen les tres paraules que ell mateix acaba de pronunciar–. *Bye, Bye, Buddy* –repetix intrigat una vegada més, per bé que ara cantussejant, com si una melodia amagada en estes tres paraules haguera estat esperant sempre que ell la trobara.

De sobte, sense saber molt bé per què, el xaval recorda que en una de les butxaques de la funda de la guitarra guarda un boli i una llibreta. Hi té tots els apunts de les cançons que Elvis li ha ensenyat. Tot i que en realitat res d'això no li interessa ara mateix. L'únic que el xic busca, mentre taral·leja alguna cosa sense poder-ho evitar, és un simple full de paper en blanc.

Acaben de vindre a buscar-lo al camerino. Per fi ha arribat el seu torn. Les audicions acumulen més d'hora i mitja de retard però al xaval, tanmateix, l'espera se li ha fet més aviat curta. Si per ell fóra no li importaria esperar una o dues hores més. Un dia fins i tot, si fóra necessari. Però és l'hora de la veritat i per més temps que deixara passar, el xic sap que els nervis que sent a l'estómac no desapareixerien mai del tot. La mateixa xica que abans l'ha acompanyat, el guia de nou a través d'un altre laberint de foscos corredors.

–Estàs molt més guapo sense les ulleres –li diu la jove hostessa quan arriben a la cortina lateral que conduïx a l'escenari.

–Gràcies –respon el xaval, que si abans venia com un flam, ara s'ha posat també com una tomaca. Un flam de tomaca tot plegat. La xica somriu, retira una mica la cortina i li indica que passe al centre de l'escenari. Allí l'esperen un micro i un *ampli*. Així que el nostre protagonista posa ulls de xinés i trepitja l'entaulat a les palpentes. Fa fred allí fora. Un parell de focus li peguen en la cara i a penes pot distingir res en la grandíssima sala. Amb pols tremolós col·loca el micro a la seua altura i connecta la vella Stratocaster a l'*ampli*. Una veu anònima irromp aleshores en l'aire omplint l'espai amb ressonàncies metàl·liques.

–Bon dia. Per favor, presenta't, digues què ens cantaràs, i endavant quan vulgues.

«Presenta't i digues què ens cantaràs? Com si fóra tan senzill.»

No li resulta gens fàcil al xic presentar-se. Tampoc dir el que els cantarà. D'acord que a estes altures de la pel·lícula dues qüestions com estes ja hauria de tindre-les ben clares un ferm candidat a *Somnis i Estrelles*. Però què voleu que vos diga? També és cert que no ajuden gaire a clarificar les coses la miopia, l'astigmatisme, la intolerància a les lents i els dos focus encegadors que no li permeten vore davant de qui ha de presentar-se, ni davant de qui ha de cantar. Si almenys poguera vore son pare... Però és que ni tan sols aconseguix localitzar-lo en la immensa penombra que s'estén més enllà de la llum dels focus. Tot i que... espereu! Espereu un moment. Sí. De colp el pressent. No el veu. Però el pressent. Hi és. Allí. Amb ell. La sensació és inconfusible. Han sigut uns quants partits notant el seu alé al bescoll, sabeu? Un fum d'entrenaments sentint la seua mirada clavada en ell. Sí. No el veu però hi és. És més. Ara sap que ha estat sempre. Com sa mare, hi cau el xic. Com els iaios. Com Marty. Com Woody. Com Elvis. Com Santi.

–Bon dia, senyores i senyors –sabent-se emparat pel seu públic més fidel arranca decidit el cantant viatger–. Em diuen... –el xic s'embarbussa–. Em diuen... –s'escura la gola–. Em diuen... –es queda sense saliva–. Em diuen... Davi –ho deixa anar per fi–. Davi Badia. I els cantaré una cançó que he compost fa una estona. No és que ho portara preparat, ni és cap broma. I molt menys una fantasmada. Ho promet. Simplement és un tema que he escrit mentre esperava al camerino i no crec que trobe un millor moment per estrenar-lo. És una cançó que conta la història d'un drac, la d'un xicotet enllustrador, la d'una xica enganxada a un baló i la d'unes ulleres

que feren crac. Li he donat forma de rock-and-roll i vull dedicar-la especialment a mon pare, que no sé on és, però que deu trobar-se per ací baix. Espere que vos agrade a tots vosaltres també. Per a tu, papà, la meua primera cançó, *El millor dels 22*.

Índex